NE PRÉFÈRE PAS LE SANG À L'EAU

DU MÊME AUTEUR

Aux Éditions Viviane Hamy

Et je prendrai tout ce qu'il y a à prendre
Des femmes qui dansent sous les bombes

CÉLINE LAPERTOT

NE PRÉFÈRE PAS LE SANG À L'EAU

VIVIANE HAMY

D'après une conception graphique de Pierre Dusser

ISBN 979-10-97417-04-8

Je voudrais rappeler le message essentiel de tous les travaux de ma discipline : les cinq milliards d'hommes qui peuplent aujourd'hui la Terre ont, tous, la même origine, animale, tropicale, africaine. Quelle que fut leur histoire, ils sont tous frères.

Yves Coppens

Le déluge frappa la terre pendant quarante jours. L'eau grossit et souleva l'arche, et celle-ci s'éleva au-dessus de la terre. L'eau monta et grossit beaucoup sur la terre, et l'arche flotta à la surface de l'eau. L'eau augmenta de plus en plus et toutes les hautes montagnes qui sont sous le ciel tout entier furent recouvertes. L'eau monta de sept mètres et demi au-dessus des montagnes, si bien qu'elles furent recouvertes. Tout ce qui vivait sur la terre expira, tant les oiseaux que le bétail et les animaux, tout ce qui pullulait sur la terre et tous les hommes. Tout ce qui avait un souffle de vie dans ses narines et qui se trouvait sur la terre ferme mourut.

Le Déluge (Genèse 7,1-24)

Ils étaient 300

L'éclat dans leur regard, quand ils ont franchi le dernier kilomètre qui les séparait de la ville. Tous immobiles, les yeux braqués sur l'horizon, contemplant en silence les murs d'un monde nouveau, celui dont on nous dit qu'il nous offre tout, ce monde aux multiples richesses qui ne mourra jamais. 300 paires de jambes, 300 paires de pieds, hommes, femmes, enfants, 300 cœurs qui battent d'un espoir démesuré, face à une foule incapable de plaquer des mots sur cette étrange lueur qu'on lit dans leur regard. C'est de cela qu'on se souviendra toute notre vie, l'éclat noir de ces prunelles comme des phares au milieu de la nuit, cette vie qui sue sang et eau le long des tempes et des aisselles, parcourant le chemin balisé de la colonne vertébrale. Cette vie qui n'est rien d'autre qu'un courant électrique actionnant les genoux et les mollets, allons, marchons, toujours plus loin, à la recherche de ce lointain trésor qu'on cache à notre vue : l'eau. L'espoir, ce fol espoir qui prend racine au cœur même de la vie, là où les femmes allaitent, là où les hommes charrient la terre en suppliant le ciel de donner au moins quelques gouttes de pluie. Cet espoir immense en la chance d'un autre destin, d'une opportunité, où tout sera aussi facile que le fait de tourner le robinet d'eau froide. Et boire.

Boire jusqu'à plus soif cette foi en la vie retrouvée. Boire le calice jusqu'à la lie qui se nomme *l'espérance en notre humanité retrouvée*. Cet espoir dégoulinait le long des trottoirs, dans leurs yeux écrasés de fatigue et de contentement. Ça y est, nous y sommes, dans ce monde où nous apportons nos propres couleurs.

Ils étaient assis, le long des routes qu'on leur avait assignées. Les yeux tournés à l'intérieur d'eux-mêmes. L'âme un peu vaste des nombreux chemins empruntés, de douleur, de soif et d'impatience. Attendre ici, quelques heures, bâtir un camp de fortune pendant quelques jours, le temps de savoir où aller, où se rendre exactement, où construire sa vie dans cette partie de monde qu'on ne connaît que par très lointain ouï-dire. Être prêt à tout endurer, du moment que la gorge, enfin, est comblée de ce qui vous a toujours manqué : l'eau. Ils étaient 300 que tout le monde regardait avec effarement, les bras ballants, les mains repliées sur les listes d'émargement, les fiches de renseignements à distribuer, les paquets de gâteaux comme une hostie après l'absolution, parce qu'on ne savait pas, à ce moment-là, que ce qu'ils nous enviaient, ce n'étaient pas nos biscuits fourrés au chocolat et nos paquets de Petits Beurre, ce n'étaient même pas nos sandwichs jambon-beurre et nos parts de pizza froides : c'étaient nos verres d'eau qu'on n'avait pas encore eu le réflexe de distribuer, tant nous pensions que c'était la faim qui primait. Comment aurions-nous pu savoir que la force de leur haine et de leur amour, toute la cristallisation de leurs espérances et de leurs plus grands renoncements ne tenaient qu'à ces verres d'eau dont ils rêvaient quotidiennement. Ils ont regardé nos biscuits, qu'ils ont pris avec reconnaissance mais avec réserve. C'est alors que l'un d'eux a pointé le doigt vers la tasse que tenait l'un des nôtres dans ses mains ; d'un geste précis du pouce, il a désigné l'intérieur de sa gorge. Nous étions là, nos regards plongés dans ces 300 regards en face de nous, réalisant tout à coup ce que chacun pense en silence sans jamais se rendre compte qu'il le sait, traitant bêtement l'information comme une chose non importante à classifier : certains êtres humains sont capables de parcourir des milliers de kilomètres, d'embrasser les saisons et les climats, entassés dans leurs habits de fortune, pour boire. Simplement boire.

Nous n'avions pas prévu assez d'eau, il fallait qu'ils marchent encore un peu jusqu'au centre d'hébergement. Un immense gymnase que nous avions aménagé rien que pour eux, sous les bravos et les huées de gens qui se scindent toujours en deux clans opposés. Les indécis, eux, prenaient des photos, pour avoir le temps de réfléchir à cette masse humaine qui venait de débarquer et avec laquelle il faudrait dorénavant composer : étaient-ils gentils, étaient-ils méchants, pour quelles raisons, exactement, tout quitter pour venir jusqu'ici, s'enterrer parmi nous qui n'avions sans doute pas grand-chose à offrir. 600 épaules basses ont décidé de se relever pour nous suivre au centre. Couvertures, matelas, radiateurs d'appoint, nous avions même pensé aux jeux de société. Nous comprenions d'un coup que la chose à préparer, que le trésor ultime qu'ils demandaient, c'était de sentir l'eau couler dans leur gorge et dans la paume de leurs mains. Ils étaient 300 à se suivre en file indienne, à marcher aussi sereinement que nous étions fatigués, scrutant du regard chaque centimètre carré de Cartimandua. La Terre promise, ce tout petit pays industrialisé qui avait construit une des plus grandes citernes au monde. Ce pays de rien du tout, qui, sans le savoir, abritait un immense trésor envié par des milliers de gens à l'autre bout de la planète : une quantité d'eau à en perdre la raison. Les badauds suivaient la file à distance respectable sans savoir pour quelle raison nous choisissions de leur faire faire un petit détour avant d'arriver au gymnase. Mais nous savions ce qui ferait briller leurs yeux, nous savions qu'après avoir vu cela, un sentiment de plénitude envahirait leur cœur, et qu'alors, nous aurions réussi notre pari.

Nous avons donc bifurqué à gauche, quelques dizaines de mètres avant d'arriver au gymnase. Devant la foule compacte qui venait de stopper net, nous pouvions lire, écrit sur une immense façade blanche qui mangeait la quasi-totalité de la rue : *Citerne d'eau Aquaneró*. Il fallait voir leur corps se tendre jusqu'à l'extrême pour espérer apercevoir le sommet de la Grande Citerne, la nuque déployée pour voir le ciel comme dans l'attente d'une divinité qui viendrait leur baiser le front. Une petite fille en particulier, Karole, ainsi qu'on l'apprit plus tard, oublia jusqu'à la présence de ses parents qui la tiraient par les manches, fascinée par ce qu'elle finirait par considérer comme sa deuxième maison. Il faut n'avoir jamais senti la morsure de la soif, jusqu'à la sensation d'évanouissement, pour ne pas comprendre comment Karole, en cet instant précis, s'apaisa au point de réussir encore à courir. Du bout de ses doigts, avant que son père et un bénévole ne la rattrapent, Karole toucha la façade blanche, son Eldorado, la fin de la course et des espérances tronquées. Jagu, qui avait fait partie du premier voyage quelques années auparavant, alors qu'ils n'étaient qu'une toute petite vingtaine qui n'avait rien osé demander, s'est approché d'elle et l'a prise dans ses bras.

– Tu sais ce qu'il y a, là-dedans ?

– Je ne suis pas sûre.

– De l'eau. De l'eau pour que plus jamais tu n'aies soif.

Alors Karole eut encore la force de laisser sa salive s'épaissir, juste avant d'entrer dans le gymnase. *De l'eau pour que plus jamais tu n'aies soif*. Elle prit la petite bouteille qu'on lui tendit et après avoir bu, elle alla jusqu'à passer son index sur la pointe de ses lèvres, pour recueillir la dernière goutte, la plus luxueuse d'entre toutes, celle qui te caresse la peau sans aucune autre volonté que de t'accorder la volupté de la vie.

Méfie-toi de tes idées, on en meurt

Les barreaux découpent mon ciel en quelques tranches bleues. Il n'y a pas d'horizon, il n'y a que l'illusion d'un soleil qui se lève et qui se couche. Parfois, je devine que la nuit s'installe. Parfois, je devine le passage du vent, lorsque par hasard – un hasard que je dois à mon épaule enfoncée dans les fissures du mur pour gagner quelques millimètres – mon œil croise une feuille qui ondule lentement. Alors je me dis que si la feuille danse, c'est qu'il y a du vent. Alors je me dis que le temps s'écoule goutte à goutte, sans moi, mais qu'il s'écoule quand même. Je devine la naissance du jour quand les barreaux se font gris clair et qu'un rayon dessine les trous contre le mur en face, près de la porte. Lorsque mon cœur résiste un peu, je tends mon poignet vers ce rayon et je contemple mes veines qui durcissent jusqu'à la naissance de mes phalanges, j'observe cette masse de poils blancs qui étaient encore noirs il y a quelques mois, lorsque j'ai pénétré pour la première fois dans cette cellule. Quelque chose de rugueux m'enveloppe à mesure que les semaines s'accumulent. Une enveloppe de sûreté et d'espoir, les écailles d'un crocodile qui nage dans n'importe quelle eau, certain de sa remontée. Je me sens fort ou faible selon le nombre de briques que j'arrive à compter et ma nuque se déploie jusqu'à la limite de la brisure cervicale, détail si anodin du moment que je contemple notre soleil, quelques secondes seulement. Je n'ai plus d'âge, je suis un simple habit d'espérance. C'est quoi, la douleur, quand on sait qu'on a raison.

Le pénitencier est rouge, de sa première à sa dernière brique, et personne ne me fera croire que cette couleur a été choisie au hasard. Rouge comme ce sang qu'ils espèrent voir se figer dans nos veines, là, sous le rayon de lumière qui plonge entre les barreaux. Je vois comme tout coule en moi, j'ai encore la sensation du stylo quand j'écrivais ces mots qui leur faisaient si peur. Alors je sais que la vie, la mort ne tiennent qu'à la force de nos regrets ou de nos choix. Il faut choisir son camp pour espérer vivre lentement, entouré de la fraîcheur des murs percutés par quelque minuscule rayon de soleil. Le temps passe et jette de l'ombre ou de la lumière sur des fissures toujours plus nombreuses. Le temps passe, inexorablement, jusqu'à ce qu'un jour – je le pressens mais je l'ignore –, le soleil se lève sans que je remarque rien. Jamais les fissures ne seront assez grandes pour me laisser m'y glisser et savourer, comme tout être humain, la ligne pure que dessine l'horizon. Alors il faudra me dresser plus, jusqu'à être capable – et c'est là la force de nos rêves – de glisser ma tête au milieu des barreaux.

Le paysage est fixe à travers les barreaux, un peu de vent ne suffit pas à me dire s'il fait beau, s'il fait chaud. La pierre est épaisse et froide, c'est la marque même de la préservation d'un temps immuable : le temps des prisonniers. Nous ne ressentons pas, nous imaginons. Des successions d'époques, des bribes de saison, des morceaux de journée, été, automne, hiver, un printemps qui ne sent rien parce qu'aucune fleur n'atteindra jamais nos barreaux, le jour, la nuit. La nuit, voilà ce qu'on connaît. C'est la nuit que tout le monde frappe, les forts comme les faibles. C'est la nuit qu'on hurle, contre celui que l'on attrape, contre celui qui nous attrape. La nuit nous sépare de la vie mais nous ne dormons pas pour autant. J'aimais écrire la nuit. Au début de ma carrière, le plus souvent, je recopiais mon texte à la main, des centaines de fois s'il le fallait, je le glissais sous la porte des habitations, dans les boîtes aux lettres, je le coinçais sous les essuie-glaces des voitures. Je ne regardais pas les gens en face, un ennemi reste un ennemi, même s'il prend le papier que tu lui tends en souriant largement. Trop souvent je n'ai pas su lire dans les regards, et l'expression de connivence que j'y lisais ressemblait parfois à un masque de haine. Je ne savais plus distinguer le plus honnête, entre celui qui passe son chemin en fourrant distraitement ton prospectus dans sa poche et celui qui le plie délicatement en t'assurant qu'il y prêtera la plus grande attention. Je n'identifiais plus la peur et la bienveillance, j'ai fini par privilégier les cercles fermés et les sacs ouverts. Puis j'ai publié des lettres ouvertes dans des journaux clandestins. La plupart des gens ne souhaitent pas être des témoins, ce qui tombait bien, je ne souhaitais pas qu'on témoigne de mon existence. Mais par mes mots, je voulais fouiller chaque plaie.

Tourner et retourner ma plume dans les plaies sanguinolentes de nos dirigeants.

C'est ce que j'ai dit à Tristan lorsque nous nous sommes rencontrés. Qu'importent les verrous, les barreaux d'une prison, la terre au fond de la gorge, les pierres froides pour tout horizon. Qu'importe le pouvoir

Tristan est à peine sorti de l'adolescence. Dix-huit petites années, tout au plus. Il est né après l'explosion de la Grande Citerne. Il n'a pas connu les origines du chaos, il est né quelques mois après, le temps de s'habituer tranquillement à un monde dans lequel on nous enseigne ce que l'on doit penser, dire, écrire, peut-être même qui l'on a le droit d'aimer. Qui il faut haïr, surtout. C'est au cœur de cela même qu'il est né : la haine. Tristan a appris que les êtres ne se valent pas sur terre, que la couleur, les conceptions spirituelles et politiques sont un frein à l'amour. Tristan a grandi dix années dans la certitude que ses parents avaient raison ; on ne doute jamais de la parole d'un père. Le père a fait des études, il se pose tous les soirs sur le canapé avec un livre et un remontant. Il connaît la vie, il en a vu d'autres et sa parole vaut de l'or. Normalement. C'est un homme de la ville qui a beaucoup voyagé et qui répète inlassablement : « Rien de tel que notre bon chez-nous. » Le père est toujours celui qui argumente le mieux, qui fait les plus beaux clins d'œil après une parole pleine de connivence, une private joke, comme on dit. De ce père-là, pas question de douter. Et puis un jour, sans crier gare, une anomalie dans le système de pensée pointe le bout de son nez, une incohérence qui frappait à la porte de notre jeune conscience sans qu'on y prenne garde parce qu'on est petit, si jeune, qu'il faut chercher encore un peu le sens des mots. On n'y prend pas garde tout de suite, parce qu'on sait que maman était enceinte au moment de l'explosion, le premier trimestre, celui de tous les dangers. On nous a répété des années durant qu'à cause de ces saloperies de nez-verts on a failli ne pas exister. On a distillé la peur dans nos veines, la peur de l'autre qui a failli nous priver de cette vie merveilleuse faite d'uniformisation. Ç'aurait été dommage de louper un bonheur aussi factice. On a cru papa qui se rendait aux meetings de Raoul Ragazzini, maman qui sélectionnait les cercles dans lesquels nous pourrions éventuellement trouver l'amour de notre vie. Et puis un jour de désœuvrement où l'on promène son vélo le long du square, on s'entraîne à lire les tags énormes qui balafrent les murs. Ceux que tout le monde s'empresse de nettoyer à coups de Kärcher et de peinture blanche. On y lit les articles de l'ancienne Constitution, celle qu'on n'a pas eu le temps de connaître, on y lit des phrases comme *Liberté pour tout Cartimandua*. On y lit des mots d'amour pour les gens qui sont injustement emprisonnés. On lit la gêne dans le regard de nos parents quand on demande des éclaircissements. Mais on ne doit ressentir aucune gêne quand on détient la vérité. On ne détourne pas le regard devant les insistances de son enfant, on ne lit pas son journal en se raclant la gorge quand on prononce le fatidique « Plus tard, mon fils. »

Tristan grandit dans le doute et les pourquoi. Onze ans, douze ans, treize ans. Puis un jour seize, puis un jour dix-sept. Et à force de bien chercher, on tombe sur les mots de celui qui signe tout d'un T., celui qui cite Tennessee Williams, celui qui donne corps à des hommes oubliés en publiant leur portrait chaque fois qu'un de ces anonymes est envoyé au pénitencier.

Ce T, c'est moi, mais il ne le sait pas encore. Il ne connaît pas mon prénom et vous non plus, d'ailleurs. Patience, ça viendra en son temps. J'ignore alors que quelqu'un me cherche. Je me contente de signer tout d'un T en pensant qu'une ombre est une ombre, que cette seule lettre suffit à satisfaire les lecteurs déambulant dans les ruelles que je choisis pour accomplir mon forfait.

Tristan finit par faire quelques recherches, loin de tout et de tout le monde, il remonte à la source et considère un instant le calme apparent de son père, sirotant son amer-bière dans son canapé. Il écume les quartiers en risquant plus d'une fois de se faire attraper, il tombe nez à nez avec celui qu'il désirait rencontrer. T. est là, il sait que c'est lui. Il manque de se faire occire, même si T. n'est pas un tueur, juste un écrivain ; nécessité fait loi. Mais tout dans son être montre qui il est.

Je suis à l'âge où l'on décide,
Pour les trente années à venir,
Je veux être des vôtres
Le reste ne compte pas
Avec la famille, on composera.

Alors je lui ai dit oui parce qu'on ne recule pas devant une force qui va. Oui, Tristan, tu peux devenir l'un des nôtres. Je lui ai dessiné sa vie, quelques mois avant que la mienne ne prenne un tournant décisif. On meurt pour des idées, voilà ce que j'ai dit à Tristan lorsqu'il a souhaité nous rejoindre. Fais attention à ce que tu écris, on en meurt.

Tristan est ce grand adolescent de dix-huit ans qui se croit trop jeune pour risquer un quelconque danger. Il ignore encore que la jeunesse se massacre aussi bien que le reste : les vieux, les femmes, les opposants, les nez-verts, les homosexuels. Tout se tue dans la vie, la dignité d'un tyran ne s'improvise pas en fonction de l'âge de ceux qui lui résistent. Alors je lui enseigne l'art de la dissimulation, la manière d'aiguiser son style pour fouiller dans les plaies de nos dirigeants. Ne pas se faire pincer, surtout, éviter de se faire choper. Les briques aux pieds et plongé dans un lac, les fils électriques contre les pieds sur un sol humide. Il est à des années-lumière d'imaginer que ça pourrait lui arriver. C'est à moi que ça va arriver, mais je ne le sais pas encore.

Au moins vais-je lui servir de leçon.

Je suis accroupi près de la petite fenêtre, dans une position instable que j'ai appris à supporter. La souffrance physique est un des travaux d'Hercule que redoute le plus l'être humain. On s'imagine mourir de toutes ces douleurs que nous ne savons pas maîtriser, on s'imagine qu'il n'y a rien de pire que la sensation de souffrir. Mes genoux en suspens et mon coude quasiment enfoncé dans la lourde pierre grise sont à peine une écharde que l'on s'enfonce dans le pouce. On songe à ces religieux qui se flagellent jusqu'au sang pour se rapprocher de Dieu, à ceux qui oublient la faim et la soif pour communier avec leur idéal. On songe aux quelques passages à tabac qui faisaient de nous une plaie vive, les dents comme des dominos sur les pavés. La souffrance est une vieille amie que l'on croise par intermittence au cours de notre vie, elle m'est simplement devenue plus intime depuis que je la côtoie tous les jours. Je connais le froid, la chaleur extrême, la faim et la soif. Je sais ce qui se glace dans le sang quand tu songes à l'enfant que ta femme aurait pu te donner. Je connais la stupeur quand, certains jours, tu mets plus de trois secondes à te souvenir de ton prénom.

Comment mes parents m'ont-ils appelé, déjà. Comment ma femme me nommait, le matin, quand elle avait peur que je ne rentre pas le soir. Thiego. Ah oui. Voilà, je vous l'offre, mon prénom. Comme je l'ai offert à Tristan la première fois que l'on s'est rencontré. Je m'appelle Thiego et pendant longtemps je n'ai été que T. Il m'arrive de le prononcer à voix haute, pour ne pas oublier le son de ma voix et les sonorités chantantes de mon identité. Ne plus me souvenir, parfois, de cette part essentielle de mon être constituée de six lettres est un tribut suffisant. Six petites lettres qu'on veut me voler.

Mes idées sont toujours là, elles, intactes, inépuisables entre les barreaux de ma prison. Et plus la prison s'épanouit sous la dévoration, plus je sais que j'ai raison. Je me souviens des mots de Tennessee Williams, que j'ai tant de fois lus à Tristan et que je récite aujourd'hui à Titouan, à voix basse. Parce qu'il pleure, Titouan. Je lui glisse à l'oreille les mots de *La Chatte sur un toit brûlant*, « Ah, vous autres, hommes faibles et merveilleux qui mettez tant de grâce à vous retirer du jeu ! Il faut qu'une main, posée sur votre épaule, vous pousse vers la vie… Cette main tendre et légère… » Titouan ne connaît pas Tennessee Williams, il n'a pas eu de mère pour lui murmurer des mots graves et pleins d'amour au creux d'une oreille qui ne pourra jamais oublier de vivre. Il ne sait plus comment les mères sélectionnent avec soin leurs lectures et leur vocabulaire pour forger des armures à ces êtres en formation qui ont poussé dans leur ventre. Alors j'y vais de ma petite science, parce que moi, j'ai eu cette mère qui vous chante la littérature comme les poumons aspirent l'air. J'ai eu ce petit souffle de vie qui ne fait pas claquer mes dents quand j'ai froid. Alors quand on mange et quand on marche, quand on tourne en rond à l'aube pour lutter contre le froid, je lui dis : « Tu connais celle-là » Et je lui balance tout, pour qu'il oublie de pleurer, mon cher Titouan. Mon ami le plus proche qui, comme moi, lèche les miettes de sa liberté. Je lui dis : « L'été avait épelé chaque lettre d'un mot qui n'avait pas de sens, et le mot, maintenant, était entièrement épelé, et il était là, inscrit en clair, d'une main aussi lourde que la signature d'un avare au bas d'un chèque, ou qu'un graffiti à la craie par un enfant sur une clôture. » *Sucre d'orge*, eh ouais, mon ami. Écoute Tennessee Williams, il nous dit avec ses mots qu'il fera bientôt chaud. Titouan lutte parce qu'il est un homme et qu'on lui a appris qu'un homme ça ne pleure pas. Un homme, ça pleure encore moins entouré d'autres hommes dans une prison. Mais je les vois, les larmes qui perlent dans le coin de son œil, ça brille sous la lumière orangée d'une aube qui prend tout son temps pour s'éveiller, pendant que nous, on a froid. Le voyage ne se fait pas en solitaire, mon ami, allez, on va tourner en rond encore longtemps. Et puis, tant qu'on y est, je lui balance tout, pour qu'il oublie qu'on va bientôt rentrer compter à nouveau les barreaux de notre cellule. Ça ne s'oublie pas comme ça, la prison. Alors je lui lance Bashung qui veut tuer sa pianiste et guérir son cœur transi qui reste sourd, Villon qui pleurait sa poésie dans sa petite cellule de délinquant, Soljenitsyne, Vassili Grossman, Vercors, Pouchkine, d'Aubigné, toutes les strophes que j'ai apprises par cœur parce qu'elles chantaient la liberté, les poèmes du géant à la barbe blanche qui hurlait trois fois « Waterloo », la gorge pleine. Je lui étale un bric-à-brac qui n'est pas tout à fait le mien, mais celui d'une mère qui m'a enseigné qu'on se doit de crever pour nos idées et notre amour. Ne pose pas ton cul sur le canapé en imaginant que les politiques entendent ta colère derrière l'écran de ta télé. Voilà ce qu'elle me disait, ma mère. Ça me fait une belle jambe, me répond régulièrement Titouan. Il y a des jours où on aurait préféré le laisser posé sur le canapé, notre cul. Allez, ils ne vont pas nous décapiter. Un jour on sortira, ou on ne sortira pas. Mais on a encore du temps pour vivre. C'est ce qu'on appelle l'espoir, mon ami, ce putain d'espoir qui nous pousse vers la vie, comme Tennessee Williams. Vaille que vaille.

qu'on accorde au mot Liberté, son empreinte dans notre vie, la force qu'elle représente et l'importance qu'elle prend dans nos destinées. Qu'importe. Ce que j'ai dit à Tristan, c'est que la liberté se construit un stylo à la main, pour noircir des pages et des pages de notes qu'un peuple lassé ne prend plus le temps de lire. Les tyrans ont le cœur ensanglanté. Toute leur cage thoracique est rongée par une plaie qu'il incombe à certains de savoir panser. Il ne faut pas les anesthésier, non, il faut que la cicatrisation fasse mal. Il faut qu'ils sentent comme c'est dur de perdre, lorsque les mots de ceux qui résistent à votre charme vous transpercent plus sûrement que les balles d'un flingue. Il faut qu'ils sachent que l'humanité brise les os, fait périr des royaumes, quitte à ne plus voir le ciel que par intermittence, découpé en lambeaux épais par les barreaux d'une prison.

À quoi pense Tristan à présent qu'il écrit seul, dehors, et qu'il bombarde de lettres anonymes les foyers de la ville tout entière. À quoi pense-il maintenant qu'il sait que même les actes les plus minuscules ont d'immenses conséquences, qu'écrire, pour nos dirigeants, c'est comme tuer. Je n'ai jamais posé de bombes, je n'ai jamais tiré de rafales, je n'ai jamais lancé de pavés ni même brûlé de voitures. D'autres l'ont fait et j'ai fini par y être mêlé. Dans ce pays qui s'étend sur une longue nuit, j'ai simplement écrit. Je n'ai rien fait si ce n'est écrire. Mais plaquer des mots sur la haine est une action comme une autre, et dans un pays où la loi du plus fort est toujours la meilleure, on arrête et punit de la même manière l'homme qui écrit et l'homme qui sabote. On meurt pour des idées, voilà ce que j'ai dit à Tristan lorsqu'il a souhaité nous rejoindre. Fais attention à ce que tu écris, on en meurt.

Ce que je sais de notre pays

Maman a vu la première ce qui se profilait à l'horizon. Mais on ne l'a pas écoutée, dans la famille. On n'écoute pas quand on est trop confortable dans son bien-être. Ce n'est pas qu'on a tout, mais on s'habitue à ce qu'on a, et, comme ce n'est pas la mer à boire, on estime que le reste ne doit pas avoir de l'importance. Maman a vu l'eau disparaître et la chaleur s'intensifier, alors que papa achetait des packs au supermarché en haussant les épaules. Alors, tu vois bien qu'il y en a encore, puisque j'en achète. Maman a vu comme la chaleur énervait les gens, comme ils se roulaient sur le torse avec leur voiture pour un simple accrochage, comme ils crachaient une mousse bien blanche sur le nez du voisin en arguant que c'était facile de se plaindre de la sécheresse dans leurs royaumes de basanés au nez vert, si c'était pour venir boire notre eau et ramener leur putain de désert jusqu'ici. Maman se détournait pour éviter d'être prise à partie et elle rentrait à la maison, les épaules chaque jour un peu plus basses, un creux entre les omoplates. Parce qu'elle savait, elle, que quelque chose de chaud et de suave flottait dans l'air. Elle me disait souvent : « Mon petit Thiego, notre pays est comme une cuvette. Nous sommes dans un creux et l'air ne passe pas. Les cerveaux ne sont pas assez irrigués pour que nos politiques aient de bonnes idées. » Alors je faisais un timide oui de la tête, les yeux rivés sur mon livre – mon tout premier livre qui marquait mon entrée en CP. Je décortiquais les syllabes et je trouvais que le fait de comprendre que o + i se prononce [wa] mais que c + h, ce n'est pas le même son que c + c + h était aussi compliqué que les paroles de maman quand elle disait que les politiciens ne comprenaient pas ce que le soleil leur prédisait. Elle contemplait mon père qui sirotait son amer-bière en regardant le dernier attentat à la télévision et elle disait, les mains sur les hanches, bien plantée devant l'écran, Profite encore de tes packs d'eau, parce que les politiques pisseront bientôt dans les bouteilles pour pouvoir nous approvisionner. Papa la fixait d'un air hilare, il ne percevait pas le sérieux de sa repartie. Il croyait qu'elle faisait de l'humour, le pauvre. Mais on ne rigole pas, quand on a un physique comme celui que ma mère avait. À Cartimandua, les femmes sont légères et osseuses, mais elles parlent vite et avec les mains. Elles ont l'esprit aussi vif que les gros mots qui sortent de leur bouche en latin, ou dans ce mélange de français-allemand-italien qui donne parfois l'impression que notre pays est simplement une province qui pratique son régionalisme dans son petit coin. C'était une femme à poigne comme toutes les mères de mes copains, mais c'était la seule qui sentait que *craindre le pire* n'était pas suffisant. Elle reniflait la fin d'une civilisation, comme les Romains écrabouillés par les Huns. Et tout le monde rigolait à table quand on invitait les amis et qu'elle proclamait, un verre de pétillant à la main : « Cartimandua va s'éteindre, vous allez voir. »

Du fond de ma cellule, je les entends encore, ces rires de bons vivants qui savent que les crises passent et repassent, qu'on gueule à qui mieux mieux sur des politiques ronds et mous du slip, mais qu'on est content de se coucher le soir en oubliant la douceur du mot *République*, tant on a l'habitude de vivre avec. « Tu comprends, me disait ma mère en me caressant la nuque quand on lisait mon manuel d'histoire, la République, c'est comme les vieilles concubines. On ne la cajole plus, on l'aime bien mais on a tellement l'habitude de la voir sous nos yeux, là, tous les jours, qu'on n'estime plus nécessaire de la gratifier d'un "Je t'aime". La vieille concubine se trimballe sur ses jambes de grabataire, elle attend simplement le moment de mourir. » J'avais quinze ans, je comprenais tout à coup ce que le mot *symbole* pouvait signifier quand ma mère parlait. Mais les gens riaient, « Tu déconnes, Pia, ça fait des siècles qu'on crache sur nos dirigeants, le monde ne va pas s'écrouler pour ça. »

Mais rien n'y faisait, ma mère sentait la défaite dans l'air de Cartimandua.

Elle avait grandi dans la vallée de Blia. Une vallée douce, reculée, animée le week-end par des citadins venus se laver les yeux du béton en se roulant dans l'herbe. Elle voulait la ville, ils voulaient la campagne, et jamais personne n'est fichu de se trouver à la bonne place dans la vie. Il faisait chaud, elle avait l'eau, les immenses tiges de maïs qui lui prenaient son ciel bleu quand elle s'agenouillait pour cueillir des coquelicots, des tournesols et des boutons-d'or. Je n'aurais jamais imaginé que ce qui me prendrait mon ciel bleu, à moi, ce seraient les barreaux d'une cellule. La vue n'est pas la même quand ce qui la coupe n'est pas une tige de maïs mais une barre de fer. Elle se roulait dans ce que la nature offre de meilleur, très loin des revendications des citadins et des paysans, encore loin de comprendre que les mots dans leur bouche commençaient lentement à devenir des menaces, puis des promesses. Elle ne pensait pas qu'on pouvait se faire la guerre au milieu d'un paysage si luxuriant. Quand on a le blé, quand on a l'orge, quand on produit de quoi satisfaire les pays frontaliers, on n'imagine pas un instant que l'avenir peut être réduit à une phrase, lourde, insistante, si prévisible dans la mort qu'elle sous-tend : *J'ai soif*. Elle était petite et brune, insouciante dans sa manière de voler les fruits dans les champs, jamais à court d'idées pour croquer dans une tomate bien rouge qui dépassait et ne demandait qu'à être cueillie. Jusqu'à ce qu'elle se prenne une raclée, et alors la vie s'est chargée de lui rappeler la valeur de la marchandise et de ce qu'on peut en retirer en termes d'argent. Dans sa vallée peinte en vert, rouge et jaune, elle n'avait encore jamais entendu des phrases comme : « Vous nous prenez tout. » Elle ne vivait pas encore dans une grande ville où l'on pouvait déjà lire sur certains visages une soif qui piquait tellement la langue qu'on avait envie d'insulter. Elle n'avait pas encore assisté à des incendies de plus en plus fréquents, à des attaques sur les citernes d'eau, aux Parlements et palais de justice minés, et à des hommes politiques bavant sur leur cravate. *C'est terrible, nous cherchons des solutions.* Ses épaules n'étaient pas les seules à s'affaisser. Ça brûlait de plus en plus, et, de la fenêtre de ma chambre, souvent, je voyais au loin briller quelque lumière orange avec de la fumée noire qui montait vers le ciel. Je priais pour que cette lumière ne s'approche pas de mes murs. Que tout brûle, mais pas moi. On a bien le droit de penser ça, à quinze ans. On est petit quand on regarde le ciel et les cravates de nos dirigeants. Alors, quand la Grande Citerne a explosé et que nos robinets se sont mis à cracher une boue brunâtre et visqueuse, les gens ont fondu dans la rue comme une glace au soleil, pour aller applaudir l'homme qui aboyait depuis des semaines contre nos dirigeants.

Maman a suivi le troupeau, comme nous tous. Mais ce n'était pas le désespoir ou la colère qui l'animait. C'était simplement la curiosité. Papa et tonton la regardaient du coin de l'œil en voyant tous les gens de la ville le poing levé. Bordel, ça faisait des semaines qu'elle le répétait en boucle, comme un disque rayé. Ça va péter, notre pays va sombrer. Le gros monsieur qui vocifère de plus en plus va bientôt faire le V de la victoire. Et c'est vers lui que nous courions tous, place de la République, celle qui allait bientôt nous glisser entre les côtes. Avec nos cheveux gras d'une eau souillée, avec notre langue assoiffée, nos « Dehors les nez-verts ! », parce que merde, il y a bien quelqu'un qui s'amuse à faire exploser nos citernes, nos bâtiments, les réserves de notre civilisation, et ça ne peut pas être nous. On sait bien que ce n'est pas nous. Le gros monsieur pointait du doigt les coupables, depuis des semaines. Ses larges paumes englobaient un vaste champ de nez-verts, et un tas de petits nez-verts – certains étaient mes potes – s'activaient sur les réseaux sociaux, photos à l'appui, pour prouver leur amour de la République et des citernes d'eau. Mais ça n'allait plus suffire, on sentait que le gros monsieur, entouré de sa clique, plongerait sa rhétorique bien huilée dans la génétique, la tradition, *la manière de vivre* qui, décidément, ne sera jamais la nôtre. Maman glissa un œil du côté de Thorvald, notre voisin le plus proche, avec qui on buvait des coups quasiment tous les samedis soir. Elle secoua la tête quand le gros monsieur pointa son doigt boudiné vers la foule pour savoir s'il y avait quelques nez-verts parmi eux. Thorvald serra la main de mon père, la trouille au ventre. Il n'avait rien fait à la Citerne, lui, d'ailleurs, il n'avait jamais rien fait à personne. Il était juste un peu vert, et alors. Je pouvais le certifier, moi. Quand la citerne principale qui alimentait une grande partie de la ville avait explosé de partout, nous avions entendu un bruit de tonnerre aussi fort que les avions qui déchirent le mur du son. Le sol avait tremblé, maman s'était signée en pensant qu'il s'agissait de la fin du monde. Ça y est, nous y sommes, Madone des désespérés, des miraculés, des innocents et des enfants, sauve-nous. Nous sommes sortis de la maison en courant, les yeux rivés sur le ciel, parce qu'on croyait dur comme fer que ça venait de là. Puis on a vu l'eau. Le mur immense, boueux, les mains gigantesques d'un ogre à l'œil unique prêt à vous engloutir. Je peux le certifier, en tournant la tête à droite, j'ai vu Thorvald sortir de chez lui, l'air aussi effaré que le nôtre. Nous nous sommes précipités à l'opposé, comme les autres, pour échapper à cette vague qui charriait les vélos, les troncs d'arbre, les motos, et aussi les corps. Puis nous sommes revenus sur nos pas, comme les autres, pour constater le désastre, fait d'indicible ou de mots à peine proposés par les dictionnaires. Dans la Bible, l'eau purge et sélectionne en anéantissant une partie de la vie. Nous y étions. Qui était l'âme damnée qui avait joué à Dieu en faisant exploser la Grande Citerne. Nous marchions comme de petits jouets mécaniques, main dans la main et le cœur tremblant, en voyant les corps enroulés contre les poteaux, disloqués contre les roues de leur moto. Nous avons croisé un jeune homme qui portait une petite fille tout contre lui, les yeux si vides et si bleus qui nous disaient : « Je porte la mort dans le creux de mes bras. Essayez de me défier, dites-moi que c'est la couleur de mon nez, la responsable. » Nous avons baissé la tête, vaincus par l'inévitable honte qui allait s'abattre sur ces gens qui n'avaient rien fait.

Alors, quand le gros monsieur a pointé son doigt vers les gens comme Thorvald, on s'est tous serrés contre lui, instinctivement, parce qu'on savait que le gros monsieur avait décidé que les ministres allaient bouffer leur cravate, ce n'était plus qu'une question de temps. Maman miaulait les dents fermées *Graine de tyran, graine de tyran*. C'est pour cela que chaque jour je récite ses paroles dans les oreilles de Titouan, pour lui faire oublier un peu les barreaux de notre prison. Parce que c'est ce jour-là, place de la République – la *Res publica*, comme elle disait fièrement –, que j'ai compris que ma mère était un prophète. C'était une bouche d'or et, en face de nous, nous avions son pendant direct, son antonyme assuré : la bouche d'ombre.

En tentant de voir le ciel à travers les barreaux, je me demande tout à coup, Tiens, qu'est devenu Thorvald. J'ai l'impression que des siècles se sont écoulés. Je pense à ma femme, à la peur que j'ai qu'elle ne m'attende pas. Je pense qu'elle va se remarier, que depuis plusieurs mois, chaque jour, des paquets de lèvres aux intentions pures lui murmurent qu'il est inutile de m'attendre, qu'elle devrait plutôt songer à refaire sa vie à présent. Veut-elle des enfants, un avenir, comme on se plaisait à le dire quand nous étions des adolescents et que ce mot courait dans la bouche des adultes. Alors, veut-elle un A-VE-NIR. Ce n'est pas avec moi qu'elle le construira, parce que je me suis fourvoyé et que Cartimandua continuera bien sans moi. J'ai donc passé tous ces mois à ne penser qu'à elle, à imaginer que le flux incessant de mes pensées trouverait un chemin jusqu'à elle et qu'elle ne m'oublierait jamais. C'est la première fois depuis des mois, peut-être même des années, que je repense à Thorvald. Son effarement, ses yeux braqués sur le tsunami en face de nous, échappé de la Citerne explosée. Ses yeux qui coulaient de peur vers mon père puis vers sa femme, quand il est devenu de plus en plus clair que Ragazzini n'aurait même pas besoin d'attendre les prochaines élections pour faire son show et laisser fleurir ses idées jusque-là coincées dans du papier.

Thorvald n'ignorait rien du statut précaire de sa situation. Un nez-vert. Ce qui constituait une particularité un brin exotique était devenu l'emblème de la détestation. Qui avait fait exploser la Citerne. On s'en foutait. C'étaient les conséquences qui nous intéressaient. J'entendais les phrases dans les bars, je les lisais sur les réseaux sociaux ; « ils nous haïssent, ils nous envient, ils calquent leurs fautes sur les nôtres et nous accusent ». Un matin, Thorvald n'était plus là. Sa maison était vide, l'âme de mon père aussi. Il venait de perdre son meilleur ami. Maman n'a pas eu l'air étonné mais je l'ai déjà dit, elle était dans le secret des dieux. Sans doute l'avait-elle aidé sans rien dire à mon père, parce que l'amour est égoïste, c'est plus fort que nous. Papa aurait tout tenté pour convaincre Thorvald de rester et il aurait réussi. Ma mère savait que le sacrifice n'est pas un mot scintillant qui orne nos plus belles histoires. S'il n'y a que Shakespeare ou Racine pour parler de sacrifice, sans que jamais les hommes qui les lisent aient l'idée de lui donner vie dans la réalité, alors il ne sert à rien de vouloir à tout prix figurer au rang d'être humain. Pour autant, elle ne voulait pas se mettre mon père à dos. Alors elle a sauvé Thorvald dans le plus grand silence, le protégeant de l'amour de mon père. C'est pour cela que j'ai mis du temps à me réveiller, à sortir de ma torpeur, parce que maman parlait beaucoup mais doucement. Sa voix ne dépassait pas le volume sonore imposé par les hommes à table lorsqu'ils causaient politique. Elle agissait dans le silence, si bien que ma conscience d'adolescent a mis du temps à s'épanouir.

Chacun naît par hasard dans la vie

Moi je voulais juste de l'eau. Puisqu'il paraît que c'est l'eau qui nous donne tout, à commencer par la vie. Je voulais en boire, simplement jusqu'à plus soif. La sentir couler dans ma gorge et glisser entre mes phalanges. De l'eau propre et claire, de l'eau qui reflète la pureté de notre beau ciel d'été, de l'eau que l'on boit sans risquer de s'empoisonner.

Et maintenant je suis morte. Morte dans l'eau.

C'est l'eau qui m'a tuée. Alors que j'en attendais tout. Elle était mon Messie, l'étincelle que l'on place dans toutes les espérances, personne ne peut imaginer comme elle était mon papillon dans le ventre. Je voulais juste en boire un peu. Je n'aurais volé personne, je n'aurais pas cherché à priver quelqu'un de sa propre part de survie. La morsure de la soif aurait pu me rendre égoïste, mais je peux le promettre, j'aurais partagé le peu d'eau que j'aurais trouvé, si on me l'avait demandé. La pauvreté accable, mais ne nous aiguise pas comme des aigles. Je savais être douce, dans mes contentements et dans mes demandes. Nous ne voulions pas déranger.

J'aimais l'eau. Chez moi, tout était sec. Un désert de beauté et de solitude. Le berceau du monde et le chant du sable, la couleur de la terre et l'odeur de l'herbe séchée par le soleil. Nous avions tout si ce n'est ce qui est essentiel à la vie. Cette petite étincelle sans laquelle le corps se ramollit, tout mou au milieu des décombres de fruits trop secs et d'arbres morts, les racines asséchées. Papa et maman sont venus ici pour l'eau. Pour rien d'autre, c'est promis. Il faut quand même bien vivre, mais comment faire quand nous ne pouvons pas non plus compter sur la pluie.

J'aimais bien la Citerne. C'était ma lanterne magique. La lumière d'un phare au milieu d'une tempête. J'étais l'abeille inexorablement attirée par cette immense fleur blanche qui contenait ce pour quoi nous avions marché pendant des mois. L'eau. Pendant quelques moments qui ont précipité la fin de ma vie, je l'ai adorée, la Citerne. Je n'aurais pas dû l'aimer tant. Je serais peut-être toujours en vie, et je me placerais toujours debout devant elle, pour la contempler de longues heures durant. Maman croyait que je jouais au square. Mais le bac à sable ne m'a jamais intéressée, pourquoi aurais-je voulu jouer dans le sable alors que nous avions quitté le nôtre, tellement plus beau et tellement plus chaud. Moi je voulais juste noyer mes yeux dans le blanc étincelant de la Grande Citerne d'eau. Personne n'imagine le bonheur d'avoir l'impression de naître à la vie. D'avoir été obligée de tout quitter, oui, mais de trouver là l'essentiel.

Maman avait dit « On ne nous aime pas ». Elle savait ce que l'on pense de nous, dans ce monde où l'on croit que les nez-verts ont une intelligence mauvaise, qui ne nous sert qu'à monter des combines et commettre des crimes. La soif nous rend nécessiteux, il n'y a pas plus envahisseur que celui qui vient en demandant qu'on lui règle le prix de la vie.

Mais moi j'avais tellement soif.

Je viens de l'autre côté du monde. La terre était belle. L'ocre sous mes pieds. Le ciel aussi bleu que les yeux de ma voisine, le soleil si meurtrier qu'on crie toujours malheur à celui qui oserait le regarder. On ne défie pas les divinités. On se prosterne devant leur fatalité. On se soumet aux caprices du vent, de la chaleur et de la pluie, et on pleure quand les déesses de la nature sont trop injustes avec nous. On les prie, on danse, on accepte de bonne grâce les coups qu'on n'avait pas vu arriver. Et un jour, quelque chose se morcelle en nous. C'est comme ça que les nez-verts se lèvent, relèvent le nez de leur poussière, cette poussière que pourtant ils aimaient, pour marcher, encore et encore, là où la pluie danse avec les êtres.

Alors j'ai laissé mes sorcières au village. Celles qui ont privé le ciel de la pluie. J'ai laissé ce qui se tordait dans mon petit ventre. Pourtant j'avais dansé. Tellement. Mes pieds n'ont jamais tant vibré de la même union que les tam-tams de la terre. J'ai invoqué le ciel comme seuls les enfants sont véritablement capables de le faire, avec passion et dévotion.

C'est dur de quitter son pays.

On a voyagé trois longs mois. Et je suis tombée amoureuse de la Citerne. Je l'ai aimée comme j'aime les sorcières de mon pays. Je l'ai si passionnément aimée que j'ai passé mes journées à l'admirer. Je la connaissais par cœur. Jagu m'a dit : « Tu sais ce qu'il y a dedans... De l'eau. De l'eau pour que plus jamais tu n'aies soif. » Jagu avait tout de suite compris le pouvoir de la Citerne. Il était là depuis plus longtemps que nous. Il était mon guide.

J'ai pleuré. La seule eau que je connaissais bien. L'eau de mon corps.

J'aurais pu être quelqu'un, vous savez. À dix ans, on remet tout à demain. On découvre les jouets du bout du monde, on découvre que les enfants se fichent bien de ton nez vert, ils te caressent, ils te cajolent, parfois même ils te frappent, au cœur de leur bande, ce qui prouve qu'ils t'ont intégrée.

Je n'ai bu l'eau de personne.

J'ai juste bu celle dont mon corps avait besoin.

Mais les gens ne veulent pas partager. C'est comme avec les poupées. Tu en trouves une, tu la gardes. Tu veux bien un peu la prêter quand l'envie te prend, mais tu l'observes de loin, tu ne la lâches jamais du regard. Parce que tu pars du principe que l'autre est toujours disposé à te voler. Tu tournes le dos cinq secondes et ton bien le plus précieux s'est envolé. Eh bien l'eau, c'est pareil.

J'ai eu le temps de comprendre avant d'avaler la gorgée de trop que c'est chacun pour soi, dans la vie. Chacun pour sa gueule, comme j'entendais les adultes le dire, devant le poste de télévision.

Maman doit pleurer quelque part. Je l'imagine toute petite, au milieu de nos maigres affaires. Nous avions moins que ceux qui ont peu, mais elle m'avait quand on a traversé le désert pour venir simplement se désaltérer, c'est là l'unique trésor à conserver.

Tu traverses le désert
À la recherche de l'eau,
Ce trésor que personne ne devrait payer.
Et au petit matin
Après le carnage
Tu découvres que ta fille s'est noyée.

Aujourd'hui je n'ai plus de nez vert. Je me souviens simplement de mon corps qui flottait au pied des morceaux de la Citerne. Quelqu'un a porté mon enveloppe vide et je crois bien que c'était Jagu. J'ai bu assez d'eau d'un seul coup pour ne plus jamais ressentir la brûlure dans ma gorge. Cette sensation de fin du monde quand tu as dix ans et que tu comprends, du haut de ton mètre vingt, qu'il va falloir abandonner la sécheresse de ton ocre si tu ne veux pas crever. J'en avais plein la gorge, de ma jolie poussière. Je serais restée des millénaires, agenouillée contre ma terre, si je n'avais pas eu une telle soif.

Maman a caressé la peau de mon cou, toute fripée et desséchée, elle m'a vue vieille avant d'avoir atteint l'âge d'être une femme. Elle a fixé les étoiles, si étincelantes dans notre ciel sans joie et, silencieusement, elle a pris la main de papa. On n'a pas besoin de discuter pendant des heures quand on sait qu'est venu le moment de tout quitter. J'étais l'épreuve ultime, celle à laquelle on tient tant qu'on est prêt à mourir sur les chemins de l'abîme. J'étais celle pour laquelle un agriculteur et une institutrice sont prêts à passer pour d'infâmes profiteurs, rien que de petits profiteurs qui prennent tout et ne donnent rien, pourvu que la peau de mon cou soit hydratée. J'ai entendu quand maman a dit « On boira toute l'humiliation, ce n'est pas grave. On vivra. ».

Il a fallu que je meure à des milliers de kilomètres de chez moi.

Je ne sais pas, moi, ce que j'aurais pu faire. Qu'est-ce qu'on fait, quand on a dix ans. On ne dit pas aux adultes qu'on a constaté leur folie, qu'elle est aussi visible que notre nez vert au milieu de notre figure. Simplement la folie ne se voit pas, elle se camoufle au milieu de l'indifférence des gens. Mais même la personne la moins attentive du monde ne pourra que constater ce détail vert qui change les destinées.

Les adultes marchent les poings fermés. Ils déambulent même les yeux clos, et c'est comme des cadavres qui oublient que, pour vivre, les yeux se tournent vers le ciel et non vers le béton armé des trottoirs sales. Ils hurlent « Je sais de quoi je parle ! » Ils hurlent « Qui s'occupe de nos SDF ! » Ils hurlent sur les plateaux télévisés, ils tapent rageusement sur les claviers de leurs ordinateurs, ils brûlent les bâtiments et croient sauver leurs enfants en leur interdisant de nous parler.

Chacun naît par hasard dans la vie.
Chacun naît quelque part dans la vie.
Ici ou là-bas, qu'est-ce que cela change
Quand on a soif.

Les gens sont éblouis par leurs propres certitudes. Je les entends qui murmurent les dents serrées, « de toute façon tu peux y aller, je ne changerai pas d'avis ». Alors on s'en va, puisqu'on ne pourra jamais leur expliquer que, parfois, le fait de douter peut sauver des vies. Papa disait que les peuples sont tout mélangés. On ne sait plus qui sont les maîtres et qui sont les esclaves. Mais il y aura toujours des lécheurs de miettes.

Jagu marche avec moi dans ses bras. Il y a des yeux exorbités tout autour de nous deux. Les gens sont trempés de la tête aux pieds.

Je suis morte et je n'ai jamais vu la mer.

J'ai vu mieux, ou pire, c'est selon. J'ai vu les murs de la ville qui se reflétaient dans l'eau.

Le soleil n'est pas fait pour nous

– Qu'est-ce qui te manque le plus ?

Sur le coup, sa question m'a pris au dépourvu. Depuis quelque temps, Titouan fixait le vide toutes les fois qu'on nous sortait de notre cellule. Le vide. Alors que le ciel était à portée de nos yeux. L'avenir n'était plus un mot qui composait son dictionnaire, mais, là où j'ai compris que tout espoir commençait à le quitter, c'est quand j'ai constaté qu'il ne songeait plus à son passé. Les souvenirs sont ce qui nous crée, bons ou mauvais. Sans quoi le temps se dilate, nous dévore, et nous devenons des légumes, assis sur notre cul de plus en plus sec et osseux, à ne plus rien questionner de notre genre humain. Les souvenirs façonnent notre squelette, sans quoi on est tout mou, perdu dans le néant des dictateurs. Depuis quelque temps, Titouan se laissait happer par ce néant. À quoi bon lutter quand nos prisons se transforment lentement en nos dernières demeures. « Dis donc, Titouan, tu n'es pas non plus un révolutionnaire emprisonné six pieds sous terre dans le donjon de Loches. On en sortira, de nos vieilles pierres, tu verras. » Ça ne fonctionnait plus. Mes mots avaient perdu un peu de leur pouvoir sur l'idée qu'il se faisait de sa destinée. Mes mots étaient pourtant notre garantie jusque-là, ils avaient toujours été cette part de soleil que j'étais un petit peu capable de combler. Sans même savoir exactement ce qu'il faisait, Titouan venait quêter mes mots comme cette ultime bouteille à la mer que personne n'a encore trouvée. Il me parlait de sa faim alors que la plus grande de nos tragédies, depuis des décennies, est la soif. Mais de cela, nous ne nous rendions pas compte, chacun emprisonné dans sa propre tragédie corporelle. Alors cette question tombée comme une éclaircie dans un ciel lourd et gris, cette question qui soudain prenait en compte le temps qui passe, cette question fut un baume. Je m'y suis engouffré, j'ai respiré tout l'air qu'elle m'offrait.

– Moi, je sais ce qui me manque le plus, je ne réfléchis qu'à ça. Parce que moi, ce qui me manque, tu comprends, c'est la nourriture. Tous les dimanches, ma mère nous sortait de son grimoire des recettes françaises que Cartimandua avait su mettre à l'honneur. Parfois, ma salive est si épaisse que mes lèvres gonflent. Je les colle contre les briques froides pour me soulager. Ça ne t'arrive jamais de te réveiller en pleine nuit, mâchant en vain le vide au goût de mirabelle, de chocolat, de bergamote ou de melon ? Parfois, la machine déraille et ma mâchoire se bloque à force de mastiquer du saumon fantasmé. Ça me tient en éveil, mais je serais bien incapable de te dire si c'est une bonne ou une mauvaise chose. Les heures passent au rythme d'un poulet fermier et d'un tiramisu. Je sais que je ne dois rien imaginer, je sais que cette faim perpétuelle est en train de causer ma perte. Mais la nuit tombe et mon cerveau se met en ordre de marche sans que je puisse lutter. Ce qui au départ m'a maintenu en vie me rend maintenant prisonnier. J'ai faim.

En l'écoutant, je pensais au *Joueur d'échecs*. Je me souviens comme Zweig avait su en peu de mots décrire les mécanismes de la folie. Comme un être sain peut se briser lui-même en adoptant justement des stratégies pour garder l'esprit clair. Voilà la technique qu'avait adoptée Titouan pour plonger petit à petit dans la folie ; manger du rien, manger du vide, en imaginant des festins. Boire jusqu'à la lie des pichets de vin qui n'existaient pas. Et ça le rendait fou, Titouan. Il fallait voir ses mains s'agiter dans les airs, trembler comme un arbre qui veut résister à l'ouragan. Garder ses racines, conserver sa dignité. Il en bavait et raclait son assiette avec obstination, une haine silencieuse accrochée aux parois de son estomac. L'imagination connaît ses limites, elle aussi, et Titouan vivait dans une perpétuelle frustration qui abolissait toutes les lois de l'espérance humaine. Dans la cour, il ne fixait plus le ciel pour se gaver de lumière comme je le faisais moi-même. Il scrutait ses chaussures, probablement absorbé par une sauce au beurre, des pommes sautées dans du pesto vert, déjeuners d'une adolescence lointaine. Comment aurais-je pu le sortir de cette torpeur qui l'engloutissait dans ses maux d'estomac. Pour le joueur d'échecs, il suffisait de ne plus jouer. Comment dire à un être humain qu'il suffit de ne plus manger. Titouan vivait donc dans l'enfance adorée des plats de sa mère, et le futur ne tenait qu'à un poulet-frites.

C'est précisément ce qui l'avait condamné à pourrir dans ce pénitencier. Tristan était devenu activiste par haine d'avoir trop ouvert les yeux sur ses parents. C'était comme pisser sur une enfance bercée de mensonges. À l'inverse, Titouan reprenait le flambeau. Un père mort, un père qui haïssait Ragazzini, mais un père que l'on retrouve dans un fossé, le corps criblé de balles. Une mère à qui l'on dit d'éponger les dettes le plus rapidement possible. Une mère qui ne saura jamais avec précision qui a appuyé sur la gâchette, mais enfin une mère qui ne s'est jamais fait la moindre illusion. Titouan a marché longtemps le long des routes sinueuses, fouillant chaque brin d'herbe de chaque fossé pour tenter de retrouver l'alliance de son père. Simple anneau d'argent qui maintenait sa mère au mince fil de la vie. De longues heures de marche à se demander la nature exacte des activités de son père. Comment vivre après cela, perpétuer sa vie de jeune garçon, envisager l'avenir dans un monde où quelques citernes explosées valent l'ouverture des camps et l'expulsion des nez-verts. On grandit, un peu bancal. Alors on fouille, discrètement croit-on, on ne cherche pas les emmerdes, mais elles finissent tout de même par nous trouver. On obtient tant les réponses que l'on souhaitait que l'on finit dans une salle rouge, le corps trempé et la gencive à nu. On sait que le père était un héros, mais on n'a pas le temps de se prouver quoi que ce soit à soi-même, puisqu'on est déjà enfermé dans un cachot. Alors on balaie tout ça d'un revers de la main parce que les briques sont trop nombreuses à compter et qu'on va probablement mourir ici.

– Et toi alors ? Qu'est-ce qui te manque le plus ?

Le plus. Difficile. Ma mère, ma femme, mes livres. Puisqu'il fallait en choisir un seul, alors j'ai dit les livres.

– T'es sûr ? m'a répondu Titouan, que les mots alignés les uns derrière les autres n'ont jamais mis en émoi.

Les livres, c'était ma mère. Ma mère, c'étaient les livres. J'avais déjà beaucoup moins à choisir. Alors oui, les livres, ces garnisons de mots qui nous préservent du vide, à l'heure où tant de faux prophètes brûlent les pensées qui les dérangent et attaquent au disque à découper les sites les plus anciens de l'humanité. Les livres pour toujours, les formats poche qui ont la taille des briques de ma cellule. Pas seulement les mots, ce qu'il me fallait aussi, c'était l'objet en lui-même. Titouan n'a jamais pu comprendre cette adoration de l'objet livre. Mais le tenir dans sa main, le soupeser et compter le nombre de jours qu'il nous faudra, en fonction du nombre de pages qui s'étalent sous nos yeux. Le sentir, neuf, vieux, poussiéreux. Le contempler, blanc immaculé ou jauni par le soleil d'avoir été classé dans une bibliothèque vitrée. Mes mains feuilletaient la nuit, comme la bouche de Titouan s'ouvrait et se refermait. Depuis mon incarcération, quels étaient les livres qui avaient paru. Combien de classiques à relire et d'auteurs à découvrir. Mais Titouan s'ennuyait, alors lui aussi finissait par comprendre que l'intelligence ne peut se résumer à se souvenir de son prénom et à compter les briques de sa cellule comme unique stimulation. C'était ce que recherchaient nos gardiens. L'ennui absolu rend fou. L'absence de communication. Pas le moindre objet sur le sol, sur les murs, sur lesquels les yeux peuvent se poser et soulager l'esprit, le temps d'une journée seulement. Un bouton, un morceau de papier, un bout de craie, un os de poulet. Rien. Le raffinement d'une civilisation qui s'impose consiste donc à n'omettre aucun détail sur la manière de rendre fous les hommes, de les neutraliser par le corps et par l'esprit ; la faim, la faim de tout. Celle du corps mais celle aussi du cœur. Si bien que les steaks et les livres se confondent dans nos esprits affamés et nos corps mous de respirer tant d'air pour rien. Nous en étions là, Titouan et moi. Faire l'amour comptait parfois, aussi, dans quelques rares conversations. Mais un livre et une bonne poignée de mirabelles nous auraient sauvés plus sûrement du néant dans lequel nous étions en train de sombrer mollement.

– Oui, Titouan, des livres. Pour m'endurcir un peu, parce que je deviens trop mou.

Même en ne lisant que rarement, Titouan avait compris ça. Je l'ai lu dans son regard ; cet acquiescement silencieux qui dit, Oui, c'est vrai, on est tout mou quand on ne pense plus à rien. Quand on ne pense plus rien. On se balance mollement dans la cour et on ne songe même plus à soutenir le regard de nos gardiens. Juste un défi de quelques secondes pour voir s'ils ont encore l'envie de faire voler nos dents.

– C'est la nuit tout le temps, quoi.

La réplique de Titouan m'a figé sur place. La nuit. C'est là le centre de nos vies. Pour qui le soleil se lève-t-il, au juste. À quoi sert-il dans ce ciel de prisons où les pensionnaires le voient luire vaguement à travers les barreaux d'une fenêtre si basse que c'est à peine si l'on détermine la ligne arrondie de l'horizon. Et dire que certains hurlent encore que la Terre est plate, prenant pour argent comptant ce que de très anciens ont écrit dans des livres si sacrés qu'on ne croit plus devoir les interpréter à l'aune de notre civilisation. En me contorsionnant pour me brûler les yeux d'un peu de soleil, je me suis dit qu'un séjour dans ma cellule aurait pu leur faire le plus grand bien. Ils l'auraient vue, cette ligne pure et arrondie qui dessine un cercle parfait. Ils auraient compris comme nous mourrons bêtement de haine en piétinant un cercle.

– Oui, Titouan, le soleil n'est pas fait pour nous.

Dans chaque ami, il y a la moitié d'un traître

Dans ce pénitencier entièrement construit de briques rouges, la cour est grise, simplement grise. On s'y rend trois fois par jour, à des heures réglées à la seconde près, été, automne, hiver. Le rituel est le même, les uniformes sont les mêmes, qu'importent les crises de soif et les chocs thermiques en plein janvier. On y tourne en rond comme le font nos pensées, on respire le bon air de la solitude et de la solidarité et personne n'a l'air de trouver cela contradictoire, puisque l'ami qui t'épaule peut être l'ami qui te démolit la semaine d'après. On y court en hiver pour se réchauffer, on s'y traîne en été par peur de transpirer, mais, dans les deux cas, le dénominateur commun est la soif. Depuis l'explosion de la Grande Citerne, la plus grande affaire des prisonniers, tous confondus, est la culpabilité. Je ne saurais dire si la langue brûle plus lorsque tout est blanc et que même la neige te poignarde la gorge comme une épée, ou en été, lorsque la poussière des briques qui s'effritent vient se coller amoureusement aux parois de ton œsophage. Chacun sait ce qu'il a à faire pour obtenir le privilège de boire un peu plus à sa soif, chacun gère sa propre peau comme il peut dans la vie.

Jusqu'à la petite dose d'espoir qui peut tout changer, au milieu des briques.

Parce que quelque chose flotte dans l'air.

Lors de nos promenades quotidiennes, on constate comme les gardiens sont nerveux. Ils fouillent leurs regards au loin, accentuent leur vigilance, malaxent leurs armes. Quelques rumeurs circulent qu'on n'écoute qu'à moitié. Mais on écoute quand même. Ça sent la fin de règne. Nos gencives saignent plus depuis que les gardiens ont compris que l'on se parle, que l'on trie le vrai du faux en pressant de questions les nouveaux venus. Ils étaient dehors, eux, au plus fort de la tempête, ils savent si Ragazzini n'a toujours besoin que d'une main solide pour serrer les gorges. Ils peuvent bien nous dire si les fans du grand Raoul dessoûlent un peu et songent à renier le tyran qu'ils ont installé. Les gardiens ont compris le rôle des nouveaux, si bien qu'il nous faut déployer des trésors d'imagination pour les approcher. C'est un signe. Pourquoi les empêchent-ils de parler si leurs paroles ne sont pas, un minimum, dangereuses. Des clopes, du pain, un bout de savon ; tout y passe pourvu que ces nouveaux visages nous apportent notre dose d'espoir. Il crèvera bientôt, le vieux roi sans divertissement, et alors, les gardiens n'auront d'autre choix que d'ouvrir les portes du pénitencier pour nous laisser vivre ce Cartimandua qu'on avait oublié. On y croit, on a le droit d'y croire, pour espérer lire des livres et croquer dans des mirabelles juteuses et sucrées, jaune et rouge quand elles sont parfaites. On a le droit d'imaginer la tête de nos gardiens quand on leur cassera les dents, parce que la violence nous sauvera de notre mollesse d'hommes neutralisés, le monde n'est pas que paix et amour. Le monde branle en tous sens et nous voulons participer au tremblement de terre, nous aussi. Je vais frapper, je sais que je vais frapper. Je vais même frapper beaucoup. Sur dix ou vingt corps qui gardent cet immense pénitencier. Et alors ça me vengera, même si ça ne me consolera pas. Je veux voir les gardiens à terre, comme la naissance d'une étoile au milieu d'un trou noir. Je ne veux pas la haine, je veux juste la jouissance d'un coup de poing ou d'un coup de pied, pour me sentir homme, pour me sentir vivant. Je veux le feu qui avale les bâtiments, les gardiens qui courent pour sauver leur peau. Une révolution. Il me faut frapper, il me faut cette violence qu'en temps normal on condamne mais qu'aujourd'hui je trouve salvatrice. Nous ne pourrons jamais quitter notre pénitencier la paix dans le cœur, sans nous être au moins un peu déchaînés sur nos bourreaux. Telle est la loi de l'humanité. Nous sommes tous debout grâce à ces visions d'homme libre, et nos gardiens le comprennent, qui font vivre la matraque encore et toujours. Combien sont-ils à sentir le vent tourner. Combien sont-ils à frapper plus fort parce que le désespoir d'avoir perdu rend méchant. Ils sentent le vent tourner. Ce Ragazzini qui a sans doute lui-même fait péter la Citerne. On en est tous convaincus. Ils sentent comme c'est facile de se tromper de camp mais qu'il est plus difficile qu'on ne le croit de retourner sa veste. Nous souffrons, nous, c'est vrai, mais nous sommes dans le camp des justes, dans le camp de ceux qui ne se sont pas trompés, nous n'aurons pas à composer avec notre peur si, un jour, le pénitencier ouvre ses portes.

Les gardiens n'aiment pas nos petits rassemblements. C'est dangereux, un prisonnier qui croit en sa liberté prochaine. Alors il faut l'affamer encore un peu plus, le rendre inoffensif en s'attaquant à son ventre. La faiblesse de l'homme est là, un bon geôlier sait quelle partie du corps il faut abandonner. C'est si simple avec des hommes comme Titouan. Mais il y en a d'autres. D'autres qui n'ont pas son imagination pour se maintenir dans un état de souffrance acceptable, et qui mordent. De plus coriaces qu'il faut neutraliser, par peur de la contamination des idées. Et si le coriace rendait les autres plus coriaces. J'ai vu comme Marco a mangé la poussière que les gardiens lui ont enfoncée dans la gorge. Marco, même si je le hais de l'avoir trop aimé, c'est un peu notre Claude Gueux à nous. Le baraqué qui crève tant de faim qu'il en vient à implorer, puis à menacer les gardiens. C'est fatal, ce genre de comportement. On ne menace pas quand on n'en a pas les moyens.

Marco est arrivé quelques semaines après moi, j'ai souri.

On croit sauver sa peau en dénonçant, mais on oublie que d'autres pensent comme nous, que d'autres veulent sauver leur peau, eux aussi. On oublie que la vie n'est qu'une question de passage et que l'on peut passer de *dénonciateur* à *dénoncé* en moins de temps qu'il nous faut pour cligner des paupières. Marco a sans doute composé un temps avec sa culpabilité, il a sans doute un peu pensé à notre amitié les soirs où il rejoignait sa femme qui cuisinait pour eux deux, alors que la mienne était dans la cuisine, assise bien droite sur une chaise en face de la table, comptant les jours de misère qu'il reste sans doute à vivre. Et puis il a oublié. Tout cela s'oublie si vite quand on a le bonheur de se dire : « Après tout, je suis vivant. » On est encore jeune et l'on rêve de fonder une famille. Alors on se le répète, les soirs trop noirs où l'on voit le visage de l'ami danser sous nos paupières, même quand on les ferme obstinément. Je suis vivant, allez, après tout, c'est tout ce qui compte. Sans doute trouvons-nous encore la force de nous arranger avec notre culpabilité en nous disant que l'ami aurait fait de même. Allez, nous aurions tous fait pareil pour garantir encore un peu notre peau. *Il aurait fait comme moi*. Et tout le sens de la vie se cache dans cette assertion quand il faut vivre, jour après jour, sortir de son lit et avancer pied à pied, quand l'autre compte les briques dans sa cellule de grisaille. Il faut se la répéter, cette ritournelle, si l'on veut espérer conserver un peu de souffle jusqu'au bout de l'existence. *Bien sûr qu'il aurait fait comme moi*. Il aurait parlé, lui aussi.

Sans doute la culpabilité revient-elle de temps en temps sans crier gare, piquante et lancinante comme une fièvre que l'on croit vaincue mais qui reste tapie dans l'ombre. Elle nous prend sans demander le lieu ni le temps, lors d'un baiser qui s'attarde, lors d'une cérémonie officielle qui célèbre ce qu'on a fini par accepter, parce qu'il faut bien vivre, nom de Dieu. Sans doute s'insulte-t-il parfois en voyant Ragazzini lever le poing vers le soleil, Je suis un couillon, une saloperie de poltron, voilà ce que je suis, je n'ai rien dans le slibard. Il y a la femme, à quelques dizaines de mètres, qui regarde un peu au-dessus de Ragazzini parce que la nausée n'est pas loin. Cette femme, c'était l'amie chez qui l'on mangeait, la femme du pote, celui qui lisait ses tracts à table en disant, « demain, je bombarde les boîtes aux lettres ». C'était cette petite épouse qui acquiesçait en silence et qui avait confiance. Une épouse que la solitude rend encore plus jolie, austère et droite au milieu de la foule. Pas l'ombre d'un sourire, pas l'ombre d'une brisure non plus. Rien ne se dessine sur ce visage impassible, ce marbre vivant qu'on voudrait bien frapper tant il respire la dignité. On voudrait le salir, ce visage, juste un peu, de quoi nous rendre sourd à notre voix intérieure, le temps de quelques petits jours d'un repos bien mérité. C'est trop de souffrance, ce beau visage qui n'a même pas la décence de pleurer. Ça fait mal, tant de dignité. Lui aussi a songé à frapper, avant d'être incarcéré. Mais ce qui a arrêté sa main, c'est la certitude de passer du côté de l'ignoble, de devenir une sale bête immonde qui lève le poing pour panser des plaies qu'il a lui-même ouvertes. Cette sensation de devenir une brute épaisse, ce sentiment de passer du côté de l'injustice, et ce, de manière irrémédiable, lui a donné le vertige, dans le moment où il était prêt à se jeter sur elle. La culpabilité rend fou. Cesse donc de te mentir à toi-même, a-t-il pensé en fixant Ragazzini tout en gardant l'épouse de Thiego dans le coin de son œil. Cesse donc de t'imaginer que tu t'en sors bien. Tu as livré le juste aux chiens. Il est logique qu'un jour, toi aussi, tu manges un os.

Il y a donc cette femme qu'on n'ose plus regarder en face alors qu'on pourrait, puisqu'elle ne sait rien. Cette femme qu'on a peur de briser parce que dans le fond on la sait meilleure que nous. On pourrait jouer la comédie, jouer le jeu de l'amitié. Elle ne sait pas qu'on a trahi. C'est marqué sur mon front, pense Marco, alors il fixe le soleil puisque Ragazzini le pointe du doigt, sans trop savoir pourquoi, parce qu'il n'écoutait pas. Il n'a jamais trop écouté, d'ailleurs. L'enjeu de la trahison n'était pas idéologique. Jamais les paroles du politique n'ont trouvé un écho en lui. Jamais une seconde il n'a pensé que les nez-verts étaient une apocalypse à eux seuls. Jamais il n'a cru que la société était une grande innocente salie par l'invasion de l'autre, de celui qu'on voudrait croire si différent, pour nous soulager. En quoi Cezny, par exemple, était-il responsable de la raréfaction de l'eau. Lui qui lisait des contes aux gosses du quartier pour les empêcher de mastiquer des chips devant la télé. En quoi Jagu, son fils, était-il responsable, lui aussi, après avoir marché dans la ville en portant dans ses bras le cadavre de la petite Karole, qui jouait au cerceau près de la Citerne. Où sont-ils à présent, a-t-il songé après s'être rendu compte que cela faisait très longtemps qu'il ne les avait pas vus. On ne songe pas à toutes ces choses quand on est ébloui par le sentiment de la sécurité. La paix a un prix. Il faut se le répéter en boucle pour ne pas penser à ceux qui s'évaporent mystérieusement, pour ne plus jamais revenir. La paix a un sacré prix et je vais bientôt ronger mon os.

Il se le répète encore, Non, l'enjeu de la trahison n'était pas idéologique. La motivation était bien plus pragmatique, animale.

Je voulais vivre, bon Dieu, juste vivre, se répète Marco en boucle quand on lui signifie son arrestation. Il comprend en une seconde que parler ne garantit pas la liberté. Parler ou se taire, ça n'équivaut à rien d'autre qu'au fait d'avoir perdu son ami le plus cher. Ça n'aboutit qu'à un chemin, unique et sombre : la corde aux poignets dans un fourgon blindé.

Ils sont venus me chercher comme lui, pense Marco. Chez moi, la porte grande ouverte, ma femme sur le seuil, les épaules qui tombent et qui tremblent, les voisins qui regardent, les questions qui ne se disent pas ; qu'est-ce qu'il a fait, est-il coupable, est-il innocent, à qui le tour. On ferme les portes, on ne se fait pas remarquer, on ne dénonce pas, Marco nous a prouvé que ça ne sert à rien, mais on se fait tout petit, si petit qu'on n'est plus qu'une ombre.

L'ombre de Ragazzini.

Alors oui.

Marco est arrivé quelques semaines après moi, j'ai souri. Parce qu'il est bon de ressentir les plaies que l'on a causées. Le karma, diraient d'aucuns. Marco doit ressentir comme la vie n'est faite que de choix.

Il a choisi ma geôle, mais il ne savait pas qu'il choisissait la sienne.

Quand j'ai vu la milice arriver alors que je taguais les affiches de Ragazzini, j'ai compris. Le meilleur ami, celui qui partage les maux, celui à qui tu confies ta peau les yeux fermés, parce que vous avez partagé la même nourrice, la même école, les mêmes drames. L'ami n'est déjà plus qu'un traître. *Parce que c'était lui, parce que c'était moi*. J'aurais pu l'écrire, cette formule. Marco le colosse tout habillé de doutes. Marco qui aurait pu assommer chaque milicien avec un seul de ses poings, mais que la peur des tournants tenait paralysé. L'homme fort qui s'avérait faible dans les moments où la vie compte ses incertitudes. Et c'est cette faiblesse qui nous condamne. Ce peu de foi que l'on met dans nos convictions, car ce qu'il y a de tangible, de palpable, ce sont les petits faits du quotidien qui nous donnent l'impression d'être inébranlables : le réveil du matin pour aller au travail, notre maison, notre voiture, notre café, notre lit, notre femme, notre chat et notre téléphone. Un quotidien moulé dans le béton que tous les Ragazzini du monde ne pourraient nous ôter. Il y a quelque chose de plus fort que ses convictions, il y a ce qu'il avait construit et qu'il ne souhaitait pas voir démoli. Où intègre-t-on l'ami dans cette équation si parfaite. Marco l'ami d'enfance qui n'aimait pas faire des farces, elles comportent une somme de décisions à prendre et la probabilité de se faire pincer est bien trop grande. Alors le grand Marco se contentait d'observer de loin les bêtises salvatrices d'enfants qui sentaient d'instinct à quel point se brûler un peu les ailes, c'est vivre. Jouer au foot et casser un carreau de la mairie, sonner aux portes et se sauver en courant, maquiller sa voix pour des appels téléphoniques anonymes, glisser un chewing-gum dans la serrure de la salle de classe. Léger, imprévisible, un petit rien pour de petites punitions que Marco tenait déjà à distance.

J'aurais dû savoir qu'on ne confie pas des secrets brûlants à des hommes que l'incertitude terrorise.

J'avais pourtant lu dans son regard que même l'action la plus minime qui soit – taguer des affiches – était déjà une épreuve qu'il pourrait difficilement surmonter. Certains visages gardent les traces de chacun de leurs actes. Il n'est pas donné à tout le monde de savoir composer avec son impassibilité. Dans mon groupe actif, j'étais finalement le moins dangereux, mais c'est moi qu'il a dénoncé car il ne connaissait pas les autres. J'ai su d'instinct que je devais parler uniquement de mes actions. Certains plastiquaient, d'autres kidnappaient, d'autres encore trafiquaient les papiers d'identité. Moi, je militais avec mes mots, sur les murs et sur le papier. J'avais à mon actif quelques beaux articles anonymes, mais les mots que j'empruntais, peints sur les murs ou couchés sur le papier, étaient les mêmes. Il n'avait pas été difficile pour eux de faire le recoupement.

J'ai entendu le coup de sifflet,
J'ai à peine eu le temps de me retourner,
Je me suis mis à genoux, face à la matraque,
Je me suis souvenu de l'heure et de l'endroit désert,
Des habitudes que j'y avais prises
Et de la sûreté de celles-ci.

Puis, les poignets entravés, je me suis souvenu de notre conversation, deux jours auparavant. Autour d'un verre, c'est pourtant ce qu'il y a de plus beau. De notre dîner et de nos éclats de rire, de son visage quand je lui ai dit : « Okay, après-demain je placarde et je tague. » Rien ne s'est allumé en moi, parce qu'on ne peut pas imaginer que l'ami craintif est potentiellement un ami traître. Rien n'a voulu bouger dans mon ventre quand j'ai vu ses pupilles se rétracter à mesure que je parlais. Je n'ai pas voulu voir parce qu'on ne veut jamais voir. « Dans chaque ami, il y a la moitié d'un traître », qui a bien pu écrire cela. Là, dans ma cellule, je cherche, je fouille dans le moindre recoin de mon esprit, en quête de l'inventeur de cette phrase qui correspond si bien à Marco. Quelle valeur réserve-t-on aux mots, si même l'ami les trahit. Je me souviens du fourgon, du goût de fer qui se mêlait à l'humidité du plancher. Je me souviens des soubresauts parce qu'il faut rouler vite. Je me souviens de ma nuque maintenue au sol. Je me souviens de leurs rires, parce que c'est gratifiant d'en attraper un, quand tu as passé la moitié de la nuit à te les geler à la recherche d'un coupable à te mettre sous la dent, et qu'enfin un indicateur aux parties un peu molles te l'offre sur un plateau d'argent. Pour cela, ils sont précieux les indicateurs. Rares sont ceux qui demandent de l'argent en retour, non, ce n'est pas l'appât du gain qui les attire. C'est la peur d'avoir peur, la peur de ne plus trouver ses marques dans ce quotidien sans encombre qu'on a patiemment élaboré. La peur de la peur est le moteur puissant de la parole. À l'image de ce gros un peu pâteux, là, qu'on a approché en tâtonnant au hasard, et qui s'est tellement fait sur lui qu'il nous a livré son meilleur pote, comme ça, avec une petite perle de sueur sur le coin de la tempe. Il était beau à voir quand il tremblait. C'est toujours émouvant un homme aussi costaud qui s'époumone à te dire qu'il n'a rien fait. Il tremble, il bredouille, il passe sa main moite sur un front qui n'en finit plus de goutter. Et ça se dandine, et ça frotte ses paumes sur son jean, et ça regarde du côté de son épouse parce que, quand même, on n'est pas bien fier de faire dans son froc devant la femme de sa vie. Ça ne fait pas très chef de famille. Ça donne envie de taper plus fort, pour se venger des types au physique si avantageux mais qui préfèrent se pisser dessus. Alors on y va de ses grosses menaces. Pas uniquement pour obtenir les informations qu'on était venu chercher, mais aussi pour titiller la proie très forte en perdition quand on a conscience d'être un prédateur faible. C'est jouissif, cet inversement des codes qui nous rend si puissants alors que la vie avait distribué les cartes de la fragilité.

La peur de tout, des autres et de soi-même, voilà ce qui parfois forge un ami. Je préfère ne pas en avoir plutôt qu'en avoir un comme ça, se dit le milicien en savatant un peu Thiego pour la forme, histoire de le préparer physiquement et mentalement à ce qui va suivre. Les amis qui te plongent tête baissée dans un fourgon blindé, pour finir en taule ou dans le fond d'un lac, les pieds lestés de parpaings, non merci. Il aurait presque un peu de tendresse pour ce Thiego qu'on lui a dit d'embarquer, à défaut de coincer les acolytes qui ont les mains pleines de poudre. Il écrit des slogans et parfois aussi des poèmes. Ses mots le touchent, quand il a le temps de poser ses mains sur ses hanches pour les lire dans leur intégralité. Il les trouve belles, ses métaphores, mais elles sont illégales. Il ne fait que son travail, après tout, si l'on ne condamnait jamais sous prétexte que l'on trouve beau, alors le monde sombrerait, comme au moment de l'explosion de la Grande Citerne. Il se souvient de l'anarchie et des cris. Il voit les corbeaux sur certains corps qu'on n'avait pas encore déplacés. Et les hommes politiques qui se renvoyaient la balle en parlant au nom de Cartimandua. C'est Ragazzini qui a remis de l'ordre dans tout cela. Il faut la manière forte, parfois, dans un pays, pour que les règles soient à nouveau respectées. Et ce monsieur Thiego a beau être un poète, tout de même, la soif a commencé à être de plus en plus forte à mesure que les nez-verts arrivaient en masse. Qui oserait le nier.

Il finit là ses pensées quand le fourgon s'arrête et qu'on lui dit de descendre le prisonnier.

Il sait, lui, que ceux qui vont s'occuper de Thiego dans quelques courtes heures sont des poètes aussi, dans leur genre.

J'aurais voulu que mes mains restent vierges

C'est moi qui l'ai trouvée. Toute petite au milieu des fleurs éparpillées, de la boue qui brillait sous le soleil revenu, et le sable, autour de ses cheveux, faisait comme une auréole de Vierge à l'Enfant. C'est moi, le premier, qui ai posé mon regard sur elle. Je peux fermer les yeux et dessiner mentalement l'empreinte de sa silhouette. Comme les scènes de meurtre que l'on voit sans cesse à la télé. De toute façon, je pense que c'est le terme approprié ; un meurtre.

L'eau s'est lentement écoulée. Les corps ont commencé à émerger. J'ignore pourquoi mais je n'ai pas vraiment fait attention aux autres. Ce corps de petite fille, si faible et si pure au milieu de ces clichés de guerre, m'avait comme aimanté. La blancheur de sa robe, ses pieds nus qui me forcèrent à m'arrêter, parce que le temps de quelques secondes je me suis demandé ce que cette petite fille faisait sans chaussures. Puis j'ai secoué la tête, me souvenant que l'information la plus essentielle était là, sous mes yeux : morte. Mon champ de vision a été attiré par une chose informe qui semblait être jaune. C'était une tong. Juste une gamine qui joue dehors parce que nous sommes en été.

J'aurais préféré tomber sur un adulte. J'en ai vu plein mais sans les voir. Je suis passé devant eux, deux ou trois, à droite et à gauche, c'est à peine si j'ai songé à les regarder. Leurs silhouettes ne m'ont pas interpellé. J'aurais préféré un homme dans la force de l'âge. Un âge de juste milieu qui anesthésie le poing dans l'estomac. On a beau dire, la douleur est moindre. On essaie comme on le peut de sélectionner nos blessures, dans une ultime tentative de réconfort et de survie. Voilà, on triche avec nos chagrins pour espérer survivre encore un peu, après tout ça.

Ça te stupéfie, un adulte mort.
Mais un enfant, ça te désespère.
Jusqu'à la fin de ta vie.

Je déambulais dans les ruelles. J'observais les autres m'observer. C'est toujours curieux de constater l'effarement dans le regard de l'autre et de te dire, la seconde suivante, qu'il te renvoie en miroir l'éclat mortel de ton propre regard. On se reconnaissait dans notre ébahissement, et la couleur de mon nez semblait s'effacer, comme lavée par les torrents d'eau et de boue mêlés. J'étais juste un homme qui pleure, un homme impuissant qui constate combien les rois ont encore moins de pouvoir que leurs sujets quand la nature se charge de leur rappeler que le privilège est une illusion qui laisse si peu de traces. J'allais sans but, juste pour regarder.

Au loin, la carcasse de la Citerne. Ouverte en deux, comme une césarienne. J'ai marché vers elle, hypnotisé. Cet immense squelette d'une blancheur de mort, cet amas de métal qui fascinait tant ceux de mon espèce, les êtres venus du bout du monde pour avoir le droit de sentir couler, dans le fond de leur gorge, quelques gouttes de cette eau qui façonne la vie. Boire. Boire aussi simplement que l'on respire.

Puisqu'il paraît que les deux sont les constituants essentiels de la vie.

Karole, je ne l'ai pas vue tout de suite. J'ai baissé les yeux quand j'ai buté dessus. J'avançais comme l'un de ces robots montés sur ressorts, lentement et sans but précis, droit devant, puisque c'est là que nous mène le fil transparent de la vie. Mes baskets collaient à la boue, je n'avais pas envie de regarder. C'était assez de m'enfoncer dans le sol. Mes yeux se sont habitués aux plis de la robe, un morceau était resté blanc, comme si la boue elle-même consentait à lui offrir cette toute petite part d'humanité. J'aurais préféré croire qu'elle dormait. Nez vert ou pas, voyageur ou sédentaire, je suis comme tout être humain qui préfère, quelques minutes au moins, se bercer d'illusions. Il faut bien trouver quelques clés pour s'habituer.

J'ai encore la sensation dans mes pieds. Vous n'imaginez pas ce que c'est. Personne n'imagine à moins d'avoir, une fois, du bout de son pied, touché un ventre dans lequel ne coule plus la vie. Filer droit et buter contre un corps mort. C'est le résumé précis et rigoureux de ma vingtième année. Toucher la mort. J'aimerais rencontrer ceux qui connaissent la sensation qui traverse tes mollets, ce léger courant d'électricité quand le pied s'enfonce légèrement dans le ventre mou. Tu n'as pas encore baissé les yeux que tu as compris, l'instinct est ce qui nous rapproche le mieux de notre condition première. Nous ne sommes que des chasseurs-cueilleurs solitaires. C'est le béton qui nous dit que la mort est sale. On a envie de s'essuyer le pied contre un arbre. C'est si bête, parfois, un être humain qui oublie d'où il provient. C'est comme la sensation d'une extrême saleté. Accrochée pour toujours à ton mollet.

Mais elle n'était pas sale, Karole. Juste étendue dans l'eau un peu boueuse. J'ai caressé cette masse de cheveux qui s'offrait à ma main. Ma paume était poisseuse de sable et d'un peu de sang coagulé. Comment avait-elle fait pour amener notre désert jusqu'ici. Puis je me suis souvenu que tout près de la Citerne, à moins d'un mètre, entendez bien cela, à moins d'un mètre, il y avait un bac à sable. Qu'est-ce qu'on a pu y jouer. Avec nos flingues en plastique et nos pelles bon marché. Avec nos seaux fissurés et nos ongles crasseux, parce qu'un trésor, ça se fouille avec les mains, on ne fait pas de chichis, quand on est un pirate digne de ce nom.

Un court instant, j'ai eu l'impression d'avoir trouvé ma poupée.

C'était comme un jouet, oublié là depuis des lustres. Un petit jouet abandonné. Nous étions tellement de copains, à y perdre nos trésors les plus anciens. À nous les piquer les uns les autres. La Citerne, les flingues en plastique et la poupée, toute la panoplie de l'enfance d'un nez-vert. À la rigueur, ça aurait pu passer comme ça. Je serais passé devant sans m'arrêter. L'idée d'un mort ne m'aurait pas effleuré. On ne s'arrête jamais pour ramasser les jouets dans les squares.

J'ai senti un spasme puis je me suis penché.
Je suis resté ainsi, suspendu.
Durant d'interminables secondes.
J'aurais voulu que mes mains restent vierges.
Vous comprenez.

Sa tête était tournée de l'autre côté et j'ai réussi à penser, en me penchant pour la soulever, C'est une poupée. Voilà, c'est juste une poupée que je vais rendre à sa propriétaire. Elle a dû s'enfuir au loin juste avant que la Citerne n'explose. Elle doit pleurer dans un coin, pauvre petite fille qui a perdu sa poupée. Mais mon illusion n'a pas tenu longtemps. Lorsque je l'ai soulevée, sa tête a penché vers moi et alors je l'ai vu, ce regard vitreux. Ce regard aussi bleu que l'océan en plein juillet. Comme un voile de pureté, sur le bleu délavé. C'est étrange de fixer des yeux qui ne vous regardent pas. On les cherche, on fouille, on attend, on plonge plus profond encore, on fait preuve d'une patience dont on ne se croyait pas capable. J'insistais, parce que l'instinct n'accepte pas ce désordre de l'indifférence qu'est la mort. Je voulais hurler, Regarde-moi, bon sang, regarde-moi ! Sans m'en rendre compte déjà j'avançais. Des gens couraient dans tous les sens, mais d'autres me contemplaient, pétrifiés. Ce gosse à peine sorti de l'adolescence qui berce le cadavre d'une fillette. Voilà à quoi ressemble Cartimandua, à présent. Nous étions devenus un symbole, je l'ai senti dès les premiers mètres que j'ai parcourus dans l'artère principale, le corps inerte de Karole dans le creux de mes bras. C'est difficile de hurler, Tout ça à cause des nez-verts, lorsque l'ange couleur océan qu'un ado tient dans ses bras est justement une de ces entités colorées. On ne peut que constater, les bras ballants, et se souvenir, tout à coup, qu'on a une famille, nous aussi. Alors on se met à courir comme un lièvre traqué, et on crie, Sana, Maddie, Hannah ! Où sont donc tous ces enfants que le sable attirait. Où sont donc tous ces enfants que l'on n'entend même plus pleurer.

Je me souviens de notre toute dernière conversation. La semaine précédente, quand nous entendions de-ci de-là, de plus en plus fort, les grognements des mécontents, mais qu'on n'écoutait pas, persuadés d'avoir su mériter notre place. Nous étions là, et nous étions sages. Discrets, mais sans crainte. On croyait que tout cela était enfin réglé. Nous ne buvions pas plus que de raison. Nous étions tous les deux plantés à la même place, devant ce cadavre blanc qui venait de cracher toute l'eau qu'il avait dans le ventre.

Je me souviens de sa fascination. Dès les premiers jours de son arrivée, lorsque sa mère la traînait par la main pour la forcer à avancer plus vite. C'était trop tard, elle avait été ferrée. Karole aurait enlacé la Citerne. Amoureuse à en crever de cette déesse qu'elle n'avait pas trouvée à l'autre bout du monde.

L'eau, ce ruisseau indispensable au paisible écoulement de nos jours. L'eau, ce diamant précieux et vital, qu'on s'arrache des mains comme des chiffonniers. On fait bêtement couler le sang pour ce qui relie la totalité de l'humanité. Ce trésor qui nous abreuve et qui nous lave, cette eau qu'on laisse couler sous la douche quand on se perd dans nos pensées, on chie dedans quand d'autres sont à genoux pour lécher le fond des mares. Ils se prosternent devant leurs trois ou quatre gouttes de pluie, quelques fois dans l'année. Papa m'avait dit, quand nous sommes arrivés : « Ne préfère pas le sang à l'eau. La vie, c'est gratuit. Ne fais pas couler le sang pour ce qui appartient à l'humanité. »

La Citerne, elle l'aurait embrassée.

Je me souviens qu'elle m'a parlé de sa gorge sèche, de sa toux perpétuelle, comme si une pelote de laine nichait à la naissance de sa langue. De sa peau fanée que les mères veulent ressusciter. Il ne faut pas avoir l'air d'être vieille avant d'avoir vécu. Elle m'a dit : « J'ai beaucoup marché et j'ai beaucoup toussé, pour voir cela une fois en vrai. »

Et j'ai pensé, en la berçant dans mes bras, voilà Karole, tu es morte par ce qui devait te sauver.

Tu es morte noyée.

Ce que j'écris

Les premières heures, je les ai vécues dans l'angoisse d'être torturé. J'ai mesuré ce qu'il y a de puissant et de raffiné dans le fait de faire attendre un prisonnier. La peur de la peur. Plus que tout, la peur de la douleur. Combien d'hommes ont parlé après avoir seulement *imaginé*. Simplement parler, torturer à l'aide des mots.

Voilà ce qu'on va couper chez toi,
Voilà ce qu'on va brûler chez toi,
Regarde les instruments, là-bas,
Tu connais le pouvoir de l'électricité,
Et ta femme, tu crois qu'elle aura mal…

Pourtant c'est la peur qui m'a sauvé, elle m'a tétanisé. Mon propre corps extérieur à lui-même, troué, cisaillé, découpé, brûlé, blême, exposé au vent, à la lumière, à l'eau, à l'électricité. Le corps de ma femme, même si tout nous crie qu'ils ne le feraient jamais. La sainte peur qui nous murmure que le pire est toujours à envisager. Ma femme blottie, repliée sur elle-même, son corps à l'état de cendres pour l'unique raison qu'elle est ma femme. Sa peau calcinée, sa peau fondue, ses yeux perdus, ses tremblements qui n'en finiraient plus jamais comme les traumatisés de 1914. Si j'avais oublié que je l'aimais, si une seule seconde de notre vie j'avais pu oublier ce qui résonnait en moi à l'unique évocation de son prénom, c'est dans cette salle que je l'aurais retrouvé. Ma femme, ma voix palpable du quotidien, ma beauté de tous les jours quand je reviens de taguer des murs gris abandonnés à la pisse et au vent, ma force qui ne se dit pas mais qui approuve chacune de mes décisions, ses bras ouverts quand je doute d'être dans le camp des plus forts. Celle qui me suit en pensée dans les méandres des rues, elle ne demande rien, ne pose aucune question, elle se contente d'imaginer le goût des murs froids et la sensation de l'extrême tristesse quand on marche dans les flaques de pisse. Parce qu'ils sont là, les pauvres, vivant leur vie à même le béton crasseux, laissant échapper tous les liquides de leur corps contre des murs dont tout le monde se fout depuis bien longtemps déjà. Elle s'imagine le parcours que j'emprunte quand j'écris le long des façades la misère que je côtoie tous les jours. Elle m'aime aussi pour ça ; parce que je ne pense pas qu'à nous deux. Je pense à ce monde qui s'échappe trop de nous pour que nous puissions vraiment vivre à deux. J'écris que tout le monde est pauvre, au moins temporairement, dans la vie, que cette pauvreté n'est pas liée à la couleur de notre nez. J'écris que les Ragazzini sont des roulures qui ne partageraient même pas leurs misérables pièces rouges, mais qui hurlent à l'idée que des nez-verts en aient une petite trentaine dans leur poche.

J'écris que je suis amoureux. D'une femme dont le père a le nez coloré.

J'écris que jamais personne ne s'en était soucié, avant les chaleurs extrêmes, avant les pénuries d'eau. Avant la peur que la soif traverse les déserts pour venir se poser dans nos cités de briques et de béton armé.

J'écris que d'autres avaient soif, d'autres loin de chez nous, quand nous faisions couler nos bains pleins de mousse odorante et de sels colorés, mais qu'on en arrive tout de même à leur reprocher l'eau qu'ils boivent chez nous. Nos packs d'eau et nos robinets.

J'écris que même les plus indignés partent en vacances chez eux et se permettent d'y marchander les prix, fiers de rogner les quelques deniers qui ne leur permettent même pas l'achat d'un pack d'eau.

J'écris que ces indignés aiment se faire appeler expatriés, visiteurs, touristes, mais qu'ils voient dans l'autre le migrant prêt à voler la dernière goutte d'eau.

J'écris que Ragazzini aime bien les jeunes filles au nez vert, du moment qu'elles ne s'attardent pas dans le lit dans lequel elles se sont couchées.

J'écris que le quotidien encombre nos cœurs et qu'on ne s'est jamais vraiment soucié du malheur de nos contemporains avant d'avoir été confronté au malheur des peuples voisins, si envieux de nos petites tragédies individuelles.

J'écris ce qui me condamne parce que les mots sont dangereux, aussi puissants qu'un homme qui fait dérailler un train, aussi puissants qu'un groupe qui place une bombe dans l'appartement d'un dignitaire ; je n'ignore pas comme les hommes détestent l'idée d'être portraiturés et de voir leur laideur morale s'afficher sur les murs de nos villes. Il faut bien que la censure existe quand on réclame l'ordre dans la pensée.

J'écris que Tina m'avait choisi comme ça. Qu'elle m'aimait aussi pour les risques qu'on encourait, qu'elle m'aimait malgré eux.

Et je suis là, dans cette salle aux couleurs criardes alors que j'avais imaginé des tortures aseptisées de blanc crème et de béton. Je suis là qui redoute le froid mais qui imagine déjà ce qu'on lui ferait, à elle. Son ventre, ses yeux en amande qu'elle surmonte d'un trait noir, les trois grains de beauté sur sa hanche gauche, sa manière de tressaillir quand on touche sa colonne vertébrale, sa peur de l'enfermement et sa recherche de l'ivresse rapide. Et c'est comme si elle était là, dans cette salle où l'on va bientôt me torturer, elle est tout entière de sa présence qui rend supportables les murs rouges, les barreaux aux fenêtres. Je ne l'aimerai jamais autant qu'à présent où je sais que tout est probablement terminé. C'est sa voix qui étouffe mes battements de cœur quand je me dis qu'il est préférable de l'imaginer morte, tout de suite, pour ne plus avoir peur de la perspective de sa souffrance. Me détacher d'elle, immédiatement, la laisser flotter dans les limbes du souvenir, me détacher de tous ses souffles qui m'ont tenu debout ces dix dernières années. Le mieux que je puisse faire pour elle, à présent que mon monde de lumière s'achève là, c'est de faire comme si je ne l'aimais plus.

Rester droit contre le mur rouge,
Sans sortie, sans échappatoire,
Forcer mon cœur à se croire seul au monde,
Encaisser,
Tout.

Et c'est cet amour qui consiste à l'étouffer pour essayer de le sauver, d'en conserver quelque chose à l'intérieur de son âme, qui m'a permis de ne pas craquer. Elle est debout devant moi et se bat avec mes refus, elle imprègne son image pour que je ne l'oublie pas. Quelque chose me frappe, alors que j'ai les yeux fermés, une douleur vive sur ma cage thoracique, une autre contre ma tempe droite, mais elle revient comme une vague, par bribes de sa silhouette, qui naissent et meurent sous mes paupières closes. Ça fourmille le long de mes jambes et de ma colonne, j'ai chaud à en crever, j'ai l'impression que je vais fondre. C'est sa voix qui revient de je ne sais où, en échos mesurés quand mes yeux roulent. Ma langue est lourde, je n'ai même plus la force de murmurer son prénom, à bout de lèvres, juste pour me donner un peu de courage quand mon unique œil ouvert aperçoit le poing américain. Mais je le crie dans ma tête, ce prénom tant aimé, ce désespoir silencieux ne peut pas m'être enlevé. Tina. Tina. Tina. Elle est là, ma force. Ils ne la comprennent pas alors ils frappent plus fort, j'ignore si mon œil droit survivra à tout ce sang qui se coagule à l'intérieur et autour. J'ignore le nombre de séquelles avec lesquelles je composerai, si jamais je survis. Je ne sais rien en dehors d'elle que je tâchais pourtant d'oublier quelques minutes avant le début de la séance de torture. Je comprends que la force n'est pas dans l'oubli. Je dois me souvenir d'elle chaque seconde que Dieu m'accorde, même si les dernières approchent plus vite que je ne le croyais. Je dois faire comme si elle me parlait et ce n'est pas difficile de retrouver le son de sa voix à l'intérieur de mon crâne, même si mes oreilles bourdonnent.

Je suis sonné tant par les coups que par l'ivresse du souvenir.

Je ne parle pas.

Le temps s'est dilaté et j'ai vieilli de plusieurs années en l'espace de quelques heures. Est-ce qu'elle me reconnaîtra, si jamais je m'en sors. Mais je sais que c'est terminé. Son souvenir m'a laissé transi et pas un seul nom n'est sorti de ma bouche. Je crois un instant très long que tout va s'arrêter là, qu'on va jeter mon corps quelque part et que les livres d'histoire se paieront le culot de ne pas se souvenir de moi. Je suis calme, je ne tremble pas. J'ai son visage qui s'éteindra quand on jettera la dernière pelletée de terre sur moi. Le visage de Tina comme une lumière en moi. Je n'ai jamais été si serein. Puis je me réveille dans une clinique où l'on me rafistole avant de m'envoyer au pénitencier. Mon œil est sauvé, mais j'ai perdu l'usage d'un tympan. Mon bras gauche est cassé, ce qui me vaut le droit de rester un peu plus longtemps dans la clinique. C'est étrange, cette sensation d'être traité presque comme un prince en convalescence, avant d'être à nouveau jeté au trou comme un rat qu'on a chopé au moment où il volait.

Mon cœur balance un instant. Vivre oui, mais loin d'elle. Alors que j'aurais pu m'éteindre avec son souvenir à jamais vivace qui me troue la poitrine. On me remet en forme pour mieux m'asservir, comme si je n'avais pas déjà perdu tout sens de la liberté, sans sa voix, son odeur, pas même une photo sur laquelle me recueillir et me concentrer. Tous les croyants ont leur idole, je conserve la mienne en défiant le temps de l'estomper. Chaque brique de ma cellule est une partie de son corps que je ressuscite, je n'oublie pas que l'être humain est avant toute chose une mémoire. Un être de passé, de futur, de silence quand une ligne blanche s'interpose entre ces deux fils de notre destinée. Elle est là qui vit en moi et je n'y peux rien. On ne sait jamais si l'autre nous attend, on en vient bêtement à espérer sa souffrance, ce trou qui gît à l'intérieur, quand la poitrine est creuse de cette présence qu'on adorait. On en vient à assumer cette part égoïste de nous-même qui préfère imaginer l'aimé pleurer sa solitude. Tout, plutôt que l'oubli. Je suis fait de ce bois-là comme la majorité des prisonniers que le comptage des briques rend fou, et nous tuerions notre femme plutôt que d'accepter la fatalité de son oubli. Est-ce que je la tuerais, moi aussi.

Même pas, quand je contemple Marco se débattre avec sa rage naissante, lui qui n'a connu que l'appréhension. Rien ne bouge en moi.

Si je n'arrive pas à haïr mon traître au point de profiter d'un moment de solitude pour le tuer, pourquoi en viendrais-je à haïr ma lumière du jour. Même si elle venait à moins briller.

Marco avance péniblement dans la cour. Il pose un pied puis un autre, pas à pas, le nez sur le bitume froid, il ne me regarde jamais. Parfois je me surprends à chercher son regard, en me demandant ce que je pourrais y lire. J'ai la faiblesse de considérer encore son existence. Mais la faim a modifié sa docilité, l'a rendu plus sauvage et plus déterminé à nous échapper. Il n'est plus le même, Marco, il a été puni par où il a péché, et il sera probablement le premier à défoncer à coups de pied les portes de notre pénitencier. Est-ce qu'il pense à sa femme comme je pense à la mienne, lui qui n'a pas hésité à trahir, probablement pour conserver ce qu'il voulait encore lui offrir. Est-ce qu'entre nous, un jour, une parole sera prononcée avant que l'un de nous ne meure. Un de mes camarades a trouvé une craie pour moi, partout j'écris Tina, Tina, Tina. Je n'écris pas le nom de sa femme, je veux qu'il mesure le pouvoir que j'ai entre mes doigts, par la force d'une toute petite craie. Personne ne sait qui est cette Tina, les gardiens cherchent, fouinent, essaient de comprendre la naissance de ce prénom un peu partout sur les façades du pénitencier. On fait le recoupement, tiens, ça a commencé quand l'autre lourdaud est arrivé. Alors on le cogne un peu plus rude qu'à l'accoutumée et Marco ne dit rien parce que sa honte gît comme un poids sur sa poitrine. Peut-il dire à nos gardiens, Tina, c'est la femme de l'ami que j'ai trahi en l'envoyant dans ce pénitencier. Parce que je l'ai dénoncé. Il pourrait. Il n'aurait qu'à dire la vérité, mais ce serait verbaliser ce qu'il n'a jamais voulu clairement s'avouer, j'ai *trahi*. J'ai trahi l'ami qui me confiait ses projets. J'ai trahi l'ami d'enfance qui aurait bien voulu devenir père, un jour. Ce serait exposer sa honte au grand jour, lui donner toute sa place et le dévorer de l'intérieur. Et alors il serait maigre, Marco, définitivement, les muqueuses de l'estomac rongées par un remords qu'aucune nourriture, même abondante, ne pourrait combler. Les gardiens s'abandonneraient un peu plus à leur mépris, ils cogneraient encore plus fort, encore plus rude, alors que jusque-là on avait l'espoir de s'en tirer à bon compte en parvenant à quitter ce pénitencier.

Je peux écrire Tina autant que je veux sur tous les murs de cette forteresse, je sais que jamais il ne parlera.

La bouche d'or et le diable boiteux

Au final, le monde regorge de Cassandre. Êtres fluides et fantômes dont la parole se dilue dans le temps et dans l'espace. Des hommes, des femmes, des enfants – et il n'y a pas pire Cassandre qu'un enfant qui crie au milieu de syllabes tronquées sa propre vérité. Le monde regorge de ces appels à la pitié, aux exhortations à écouter, quand tant de gens haïssent le silence mais haïssent encore plus ceux qui parlent. On n'écoute les prophètes que s'ils nous prédisent le bonheur. Les Cassandre, on voudrait leur caresser doucement la joue après leur avoir donné une petite tape pour qu'elles se taisent. Les Cassandre se rencognent dans les embrasures des portes lorsqu'elles entendent qu'une bonne petite guerre remettrait les choses à plat, qu'après tout, les hommes à poigne ne sont pas nécessairement des tyrans, et qu'il en faut, une bonne dose de courage et d'abnégation pour se dresser seul contre tous, quand il est nécessaire d'exterminer la vermine qui gangrène le pays. Les Cassandre savent que les prédictions tragiques ne doivent pas sortir des pièces de théâtre des siècles passés, que si l'on pleure devant des images d'enfants morts et de villes dont ne subsistent que les cendres, c'est toujours parce que c'est loin de nous, loin de chez nous. Ça brûle un peu le cœur, c'est vrai. Quelque chose bouge dans l'âme au point que l'on aime écrire, d'un geste ravageur qui ne compte plus le nombre de points d'exclamation, *Brûlez-moi tous ces connards, pendez-moi tout ça, je te ferais le ménage là-dedans, moi, regardez-moi tous ces barbares*. Les Cassandre remarquent combien il est facile d'utiliser le *moi*, notre *moi* à la fois profond et superficiel, parce qu'il arrive que l'on souffre sincèrement pour cet autre en souffrance, à quelques milliers de kilomètres de nous, mais chez nous le calme est suave, l'indignation ne peut pas survivre à la vidéo d'un chaton qui vient de naître après celle d'un bâtiment effondré sur lequel on devine encore un peu le mot *école*. Les Cassandre savent qu'on a toujours le mauvais rôle quand on veut remuer le couteau dans la plaie, alors que notre quotidien consiste à maintenir ce couteau éloigné.

J'ai connu quelques Cassandre et je le suis même devenu, avant de compter les barreaux de ma prison, pour quelques slogans bien trouvés tagués sur les murs de ma ville. J'ai connu des Cassandre qui ne sont pas restées vivantes bien longtemps, parce qu'on tolère les prophéties qui ne sont pas trop dangereuses, on les laisse, oiseaux de mauvais augure, se débattre seules avec l'idée qu'elles sont peut-être folles. Mais s'il n'est plus possible de les ignorer, si d'aventure certaines Cassandre fouillent un peu trop profondément les plaies, il est de bon ton de leur passer une lame à travers le corps.

Ma mère était l'une de ces Cassandre mortes d'avoir seulement murmuré. Celles qui se sont essayées deux ou trois fois à la parole publique, lors de repas un peu trop arrosés durant lesquels on se risque à parler politique. Ces soirées où l'homme parle haut et fort, un verre à la main et le poing sur la table, avec le risque de plus en plus prégnant de faire couler le sang. Parce que les époques regorgent d'affaire Dreyfus qui font se fissurer les familles, fracturées de tous côtés par des clans ivres de leurs propres émotions. Et maman, au milieu de tout cela, faisait rire. Elle ne faisait pas peur, ni pleurer, ni s'indigner, ni même – ce qui est peut-être le pire – réfléchir. Elle semblait juste amusante, toute petite en bout de table, debout, les poings sur les hanches, parce qu'une petite bonne femme de Cartimandua ne parle pas assise, sous peine de ne jamais être écoutée. Mais là, ça ne changeait rien. Tu déconnes, Pia. Voilà. Ce n'était donc que cela, au fond, cette petite femme qui nous prédit de la tyrannie, des arrestations, une guerre à cause de l'eau. Ce n'était donc que ça. Une boutade. De la rigolade. Cette petite prophétesse n'était donc qu'une vaste blague. Je me souviens que papa la contemplait toujours en riant lorsqu'elle lui affirmait : « Tu verras que j'ai raison. Tu verras. » De manière générale, les hommes ne croient pas les femmes, ils n'écoutent que d'une oreille distraite en se disant parfois qu'elles ont sans doute un peu raison. Parce qu'Homère est mort depuis trop longtemps, à présent. Il est loin le temps où l'on se disait que Cassandre il faut vraiment savoir l'écouter. N'avait-elle pas prédit le cheval de Troie, la mort d'Agamemnon, sa propre mort violente. Maman, elle, n'avait-elle pas prédit que la raréfaction de l'eau était une aubaine que Ragazzini ne laisserait pas passer. Elle l'avait reniflé dès ses premiers pas en politique. Mais les bonnes femmes qui se mêlent de politique, on sait bien ce qu'elles valent. On les regarde avec un léger effarement, parce qu'elles exagèrent toujours pour qu'on les prenne au sérieux. Papa, pourtant, n'était pas du genre à cracher dans la soupe. Depuis toujours, il écoutait les conseils de maman, puisés à même la terre, elle qui n'était pas née dans le béton mais au milieu des champs qui donnent des fruits. Elle connaissait la valeur de la terre, maman, celle qui nous étouffe dans la boue quand elle épouse l'eau échappée de la Citerne explosée. Ses rapports à la Citerne étaient intimes, complexes, parce qu'elle savait que son père avait aidé à la construire et à l'aménager. Son père ne rentrait que les week-ends, après une semaine de travail à l'usine, à bâtir cette immense Citerne qui devait révolutionner la vie des habitants de Cartimandua. Selon lui, elle était parfaite. Une merveille de technologie faite d'acier et de béton. Un paquebot indestructible, contrairement au *Titanic*. Rien ne pouvait détruire cette structure qui allait enfin apporter l'eau courante à tous les foyers. La modernité ! Ce mot faisait rêver la petite Pia qu'elle était, couchée dans son champ de blé et déjà persuadée qu'un jour elle vivrait en ville. Avec la construction de cette citerne, la famille gagnerait de l'argent, et alors, tout serait possible. Elle la rêvait, cette citerne. Son père avait des traces de peinture blanche sur son bleu de travail. Alors elle pouvait encore mieux l'imaginer, la Grande Citerne qui permettrait de se laver, de boire, de cuire les aliments. Le recul de la pauvreté, de la saleté, de la promiscuité. Une avancée considérable de ses rêves à elle, fille d'ouvrier, amoureuse de la Citerne avant même de l'avoir rencontrée. Assise sur le canapé à côté de son mari qui construit un mur mental entre eux, maman doit se souvenir de la première fois, où, enfin, elle avait pu la voir en vrai, la Citerne qui exploserait une petite quarantaine d'années plus tard. Elle revoit l'orchestre, les ballons, le grand goûter organisé pour les enfants des ouvriers. Elle revoit le patron de la firme prononcer un discours dont elle se fout comme de sa première poupée, avant de laisser la foule en liesse admirer l'immense bâtiment qui va changer leur quotidien étriqué. Elle ne dit plus rien, maman. Elle tait ses scrupules parce qu'elle sait qu'ils sont ridicules, mais c'est comme si elle était un peu responsable de tout cela. Sa famille avait fait naître cette citerne immense qui venait de tuer tant de monde. Elle, elle avait pressenti que la raréfaction de l'eau dans les régions alentour creuserait un hiatus entre les peuples. Elle sentait que quelque chose de grave allait se passer. Mais de là à envisager que des gens étaient assez cinglés pour anéantir toute une ville en faisant exploser ce que les habitants avaient de plus précieux. Si elle avait parlé plus fort, si elle avait crié, si elle avait retourné une paire de baffes à son mari trop bête pour voir par lui-même que la haine, chaque jour, grandissait, peut-être qu'il ne serait pas là, aujourd'hui, à lui en vouloir sourdement pour quelque obscure raison.

Papa avait écouté nombre de ses conseils, mais les repas rythmaient les crises politiques et seuls les hommes ont les épaules suffisamment larges pour savoir évaluer la dangerosité de la situation. Si aucun homme, parmi tous les amis de papa, n'avait réellement envisagé la possibilité que la raréfaction de l'eau allait métamorphoser le décor politique, alors il n'y avait aucune raison de croire maman qui s'emballait peut-être un peu vite.

Pourquoi lui en voulait-il, exactement. Parce qu'il sentait qu'elle devait être à l'origine de la fuite de Thorvald, son meilleur ami qui le laissait bien seul. Parce qu'il n'oubliait pas que sa famille avait participé à la construction de cette Citerne qui venait de tout avaler. Les successeurs paient toujours les fautes des anciens. La fille payait donc la faute du père. Comment répliquer qu'on n'a rien à se reprocher quand on se sent soi-même un peu coupable.

Quelques semaines après la prise de pouvoir de Ragazzini, maman apprenait qu'elle avait un cancer.

Tu te lèves un matin, le poste de télévision beugle le prénom de l'autre sur lequel personne n'aurait misé quelques semaines auparavant. La seule chose que tu te dis, encore en pyjama sur ton canapé, c'est Comme il parle bien, cet enfoiré. Comme il te remue les tripes, quand tu as parcouru la ville et compté les noyés. Il est là, devant son pupitre, solennel comme un drapeau à peine bercé par le vent. Il ne gesticule pas, non, il a dû apprendre comment on place ses mains pour ne pas paraître ridicule. Il contrôle le flux de ses paroles et veille aux sonorités de sa voix, quand d'autres crient comme des adolescents qui n'ont pas encore mué. Stupéfait, j'ai peine à me dire que, dans son rôle, il est parfait. Quel enfoiré ! C'est tout ce que je suis capable de me répéter en boucle, honteusement admiratif devant ce talent qui cajole tous les endeuillés de Cartimandua. Il boite un peu et c'est déjà un détail touchant pour une foule en crise.

Du coin de l'œil, je vois mes parents qui me rejoignent et s'installent avec moi sur le canapé. Même invisible, je perçois ce qui se fissure entre eux. Être une Cassandre est la pire des malédictions, maman le comprend en déchiffrant le regard de son homme. Il faut bien qu'il y ait un coupable. Thorvald est parti, des êtres chers sont morts, on ne sait pas exactement qui a fait exploser la Citerne, mais en tout cas il a bien réussi son coup. Si l'on ne peut accuser personne officiellement, il ne reste plus qu'à s'en prendre à ceux qui sont atteignables. L'être humain crèverait devant le bête hasard et la fatalité. Il nous faut toujours un coupable. La littérature regorge de ce constat simple : le hasard est un crève-cœur, chaque coup du destin est guidé par la main de quelqu'un. Le hasard fait mourir de peur et de chagrin là où le coupable fait naître la colère. Papa avait moins mal puisqu'il était en colère. Je ne crois pas que papa s'était rendu compte de l'intensité de son regard, à cet instant précis où nous regardions Ragazzini transformer l'essence même de notre nation. Maman l'a reçu comme une flèche dans son estomac. C'est par là que le cancer est venu.

Si les hommes n'ont pas la capacité d'anticiper les événements, beaucoup d'entre eux préfèrent encore être placés devant le fait accompli. Papa en faisait partie.

Je n'ai pas envie d'y croire.

Ce sont les mots qu'elle a prononcés à la sortie de sa première séance de chimiothérapie. Le lendemain, je taguais mon premier mur, alors que la veille encore j'avais peur de Ragazzini.

Je me suis faufilé la nuit, hors des murs de ma maison, la cage protectrice de laquelle, pourtant, on ne sort pas quand dehors tout est en train de changer. J'avais toujours eu plus ou moins conscience que j'étais d'un tempérament craintif, pas du genre à hurler ma prophétie les mains sur les hanches, comme le faisait ma mère. Je n'imaginais pas être le genre de personne capable d'attendre la nuit pour se faufiler dans des endroits que tout le monde fuit, habituellement. Chaque peur est un cercle dans lequel on ne se risque pas, jusqu'à ce que la plus grande de toutes les peurs anéantisse les autres : la mort de ma mère. Alors je n'ai plus eu peur de la nuit, je n'ai plus eu peur de glisser mon ombre hors des murs qui garantissent la vie. Si l'abandon devenait monnaie courante, alors j'irais cracher toutes nos désillusions sur les murs d'une ville qui ne demandait qu'à parler. J'irais laver le béton de sa solitude en y déposant mes espoirs, mes rancœurs, mes promesses, les haines et les amours de tout le monde, en fait, de chaque âme de Cartimandua qui jugerait préférable de lisser son mode de pensée.

J'ai attendu le souffle rauque de mes parents, leur sommeil profond et imperturbable malgré le bruit de la ville tout autour de nous. Je me suis habillé, lentement, pour compter le nombre de pulsations cardiaques entre chaque geste important que j'étais en train d'effectuer. J'ai pris le temps de grignoter quelque chose, pour me donner du courage, un verre de lait et une tranche de jambon. Mes mains tremblaient comme dans les minutes qui précèdent un examen devant les professeurs. Tout en mangeant, je regardais la ville à travers les interstices des volets ; voir sans être vu, se figurer à loisir le danger qu'on est certain de ne pas encourir si l'on décide de rester sagement à la maison, dans son lit ou sur le canapé, assis devant la télévision. La peur me reprenait, l'œil fixé sur le réverbère, juste en face de la fenêtre de la cuisine. Y aller, ne pas y aller. S'être levé pour rien et se sentir, pour toujours, totalement ridicule. Quel genre d'adulte allais-je devenir si le jeune homme reculait au premier battement de cœur un peu trop fort. La peur était immense, mais je n'étais pas sûr de pouvoir surmonter l'échec du premier de mes grands projets. Le réverbère semblait me lancer un défi, lui le prince des villes, quand tout est endormi, lui qui dit Je suis la lumière qui te permettra de voir le couteau, dans les ruelles trop sombres. La plus grande de toutes les modernités.

J'ai enfilé un gros manteau et un cache-nez, pour essayer, en cas de rencontre, de ne pas être reconnu. Je suis sorti sur la pointe des pieds, conscient, pourtant, que je risquais de briser ma mère encore plus vite si mon expédition virait au fiasco. Je ne savais pas ce qu'en penserait mon père. Depuis l'explosion de la Grande Citerne, aucun d'entre nous ne savait ce qui gisait réellement à l'intérieur de sa poitrine. Je me suis arrêté un instant devant la photo, à l'entrée, celle où nous étions tous les trois en train d'applaudir la remise de diplôme de Thorvald, qui avait repris ses études très tardivement. Et je me suis dit, juste avant de faire tourner discrètement la clé dans la serrure, je me suis dit que c'était le dernier grand week end de bonheur avant que tout soit englouti par une seule explosion. Thorvald était probablement retourné chez lui, là où l'on manque de tout mais où la couleur de notre nez passe inaperçue, apportant avec lui les connaissances qu'il avait acquises, bien décidé à en faire quelque chose. Quelque chose de bien pour son propre chez-lui.

J'allais faire quelque chose de bien, moi aussi, si on m'en laissait l'occasion, si la peur ne me saisissait pas avant.

J'ai pris soin de glisser dans ma poche de grosses craies spéciales qu'on utilise généralement sur le bitume, notamment dans les centres aérés, mais aussi deux bombes de peinture, rouge et noire, que j'avais achetées la veille dans le magasin de bricolage à l'autre bout de la ville. Les poches pleines et la trouille au ventre, je suis sorti affronter le froid de la ville, mordu par les nuits d'automne qui nous soufflent leur haleine fraîche dans le creux du cou. La lumière était belle, artificielle, le ciel rendu plus orange encore par l'éclat des réverbères qui éclairaient les quartiers d'une manière parfois lugubre. Personne ne marchait dans la rue ; un instant, je me suis cru seul au monde. J'ai arpenté les allées, en quête du bon bâtiment pour commettre mon premier forfait. Les magasins étaient éclairés comme en plein jour, pour rien, si ce n'est quelques clochards habitués des rues mais que la lumière des grandes enseignes rassure tout de même un peu. Elle rassure même les criminels, cette lumière crue des magasins de fringues et d'électroménager qui tranche le calme apparent de la nuit comme un rayon laser ouvre une plaque de béton en deux. Je suis resté devant quelques minutes, pour me rassasier de clarté avant d'entrer dans des ruelles plus sombres. Mais, avec les mains dans les poches et mon cache-nez sur mon visage, je savais que je ne risquais rien. Les rares personnes que je rencontrais avaient probablement plus peur que moi, à la vue de la dégaine que j'arborais. C'était plaisant de jouer au mauvais garçon quand, la veille encore, on avait peur de tout.

Enfin, je me suis retrouvé devant le palais de justice qui venait d'être rénové. Beaucoup de gens le trouvaient laid, engoncé dans la modernité, l'atroce modernité grise et ferrailleuse, tranchant radicalement avec les bâtiments alentour, comme la bibliothèque universitaire, taillée dans de la pierre noble et claire. J'avais moins de scrupules à écrire sur du béton grisâtre, puisqu'on voulait à toute force que la Justice soit moche. J'ai sorti ma bombe de peinture rouge, les doigts engourdis par le froid et la trouille, l'immense trouille qui parfois, dans les moments les plus cruciaux de notre existence, nous fait reculer. Le bruit du jet m'a fait sursauter, instinctivement j'ai regardé autour de moi, mais personne n'est venu à ma rencontre. D'un geste lent mais précis, j'ai écrit ce qui me passait par la tête, en me rendant compte, tout à coup, que je n'avais pas vraiment réfléchi aux premiers mots que j'allais taguer. Mais c'est venu, comme une évidence, les doigts guidés par les convictions de ma mère. Tout le long de la façade, j'ai écrit *Liberté j'écris ton nom*. Je me suis reculé un instant pour contempler cet acte qui me ressemblait si peu mais qui allait devenir moi. Mon vrai moi, intime et profond, celui qui attendait les blessures de la vie pour émerger de ce petit trou plus ou moins confortable qu'est l'adolescence. Enhardi par cette première réussite, j'ai continué sur les façades alentour.

Je suis T.
Le bulletin de vote ou la balle.
La Liberté ou la mort.
Pas de Liberté pour les ennemis de la Liberté.

J'avais à peine conscience de ce que j'écrivais, moi qui, plus que tout, tenais à ma vie. Mais comme ça fourmillait dans mes jambes et dans mon ventre. Partout j'écrivais *Je suis T*. Je ne savais pas encore, à ce moment-là, que ça durerait des années. Je ne savais pas que j'écrirais plus, que j'écrirais mieux, partout, sur du papier, dans des journaux, que j'en ferais un sacerdoce. Je ne savais pas que je venais de naître une seconde fois, seul, en pleine rue, que je n'étais plus un adolescent et encore pas tout à fait un homme. Un agréable entre-deux que je ne partagerais pas avant longtemps. Je muais à l'ombre de plus grands qui ne connaissaient pas encore mon existence. Je suis resté là quelques minutes, faisant des allers-retours de moins en moins discrets, oubliant le temps de ces quelques minutes la dissimulation absolue dont je devais faire preuve, juste pour contempler ce qui était sorti de moi, ce que j'avais été capable d'accomplir, seul et en pleine nuit. Le froid s'est rappelé à moi et j'ai regardé ma montre. Il était trois heures du matin. Le lycée, dans quelques heures à peine, serait un supplice qu'on surmonterait avec grâce et allégresse. Je suis rentré chez moi en rasant les murs, plus précautionneux encore qu'à l'aller, à présent que des preuves étaient là, bien visibles sur les façades de notre ville.

Le lendemain, des rumeurs circulèrent un peu partout, elles arrivèrent jusqu'à moi dans les couloirs du lycée. Des tags sur des façades dans les quartiers, une effervescence, une liesse agitaient les bâtiments. Je me contenais pour ne pas éclater.

– Un truc énorme, gars. On va aller voir ça après les cours. Tu viens avec nous ?

– Oui, on se donne rendez-vous devant le portail.

Je les ai suivis avec ce qui battait fort dans mon cœur. Et j'ai gardé le silence. J'ai conservé cette enveloppe de crainte qui me définissait, conscient que j'avais un secret, un véritable secret, du genre qu'on ne partage pas si on ne veut pas avoir de problèmes. Mais j'ai observé. Leurs regards, leurs applaudissements, leur approbation, j'ai puisé dans leurs réactions la certitude que je ne m'étais pas trompé, que ce que je faisais était juste.

Alors j'ai continué.

Avec moins de tremblements dans le ventre, je me suis rendu aux mêmes endroits parce que je n'ignorais pas que, déjà, on avait tout effacé. J'allais écrire les mêmes choses, et d'autres encore, tant qu'ils effaceraient je poursuivrais. Puis j'irais ailleurs, modifiant mes itinéraires au gré de mes humeurs, pour être imprévisible et ne jamais me faire pincer. Mais, ce soir-là, je suis revenu au même endroit.

Liberté d'objection.
Sauvons la Liberté, la Liberté sauve le reste.
Et partout, évidemment, *Je suis T.*

– C'est donc toi, le fameux T.

J'ai lâché la bombe de peinture en me retournant vivement. Je n'ai pas pu courir, aveuglé par la lumière de la lampe de poche que tenait l'homme en face de moi. Pris de panique, j'ai senti mes jambes trembler. Être arrêté, traduit en justice, aller en prison. Ou, à l'allure où les choses allaient avec Ragazzini, mourir là, dans l'ombre et dans le silence. Ne jamais pouvoir expliquer à mes parents ce qui s'était passé.

– Ne crains rien. Moi je n'arrête pas les gens. Je les encourage, m'a-t-il dit, sentant probablement que j'allais mourir bêtement de peur.

– Qui êtes-vous ?

– Tu n'as pas besoin de le savoir pour l'instant. Les secrets ça se mérite, mais tu es en bonne voie.

Puis l'inconnu m'a tendu un papier sur lequel était écrite une adresse que je ne connaissais pas, dans les coins reculés de la ville, où je ne m'étais jamais rendu.

– Des gens te surveillent de loin, pour éviter que tu fasses des conneries. Mais si vraiment tu te sens à la hauteur, rends-toi à cette adresse, on saura quoi faire de toi.

– Je viendrai.

Je n'ai pas eu le temps de cacher le papier dans ma poche qu'il était déjà parti. Une ombre. Juste une ombre parmi d'autres ombres que j'allais avoir le privilège de côtoyer. Je savais que tout cela, dorénavant, se passerait la nuit. Que j'aurais deux vies, des cernes plein les yeux que je pourrais laisser vivre au grand jour, puisque chacun y verrait le désespoir de celui qui va perdre sa mère, si jeune. C'était vrai, mais je vivais le pire et le meilleur dans le même moment, je scindais ma personnalité en deux, conscient que je ne pourrais plus jamais faire marche arrière. C'était trop tard, à présent.

Deux nuits plus tard, je me suis rendu à l'adresse indiquée. L'endroit était difficile d'accès, comme tout endroit qu'on garde secret. Plus tard, je raconterais à ma femme comment je m'étais perdu deux fois avant de trouver l'entrée, combien je me sentais nul et gauche, et comme je me souvenais des heures passées à faire mes devoirs à la table de mon bureau, les yeux rivés sur la fenêtre en priant pour que les incendies n'arrivent pas jusqu'à moi.

– C'est donc toi, le fameux T.

J'ai reconnu la voix avant même de voir son visage sous la lumière crue des néons qui éclairaient la pièce principale.

– Oui, monsieur.

L'homme m'a contemplé de longues minutes, l'air un peu surpris. Un gamin, devait-il penser. Juste un gamin. Qu'est-ce qu'on va en faire, de celui-là. Alors j'ai anticipé.

– Il n'y a pas d'âge pour être quelqu'un, monsieur.

J'aurais pu lui citer *Le Cid*, mais je me suis tu, je ne voulais pas trop faire le malin.

– Il y a de tout, ici, m'a-t-il répondu. Plastiquage, sabotage, faux papiers pour les nez-verts. Une bonne plume, c'est bien aussi.

– Je ne sais faire que cela.

– Et tu le fais bien. Mais attention, pour les copains de Ragazzini, toutes les actions se mettent dans le même panier à salade. Les mots font mourir autant que les sabotages.

– J'en ai bien conscience, monsieur.

– Comment tu t'appelles ?

– Thiego.

– Maintenant, ce sera juste T. Moi c'est Achille. Pour tous ici, c'est Achille. Il n'y aura jamais d'autre prénom que celui-ci.

– Bien, Achille.

Achille m'a tendu la main et m'a présenté au reste du groupe. Des ailes venaient de transpercer mes omoplates. Je faisais quelque chose de ma vie. Le cancer vaincrait les belles années qu'il restait à vivre, mais il n'aurait pas eu le dernier mot. Je sentais que j'étais moi-même, que je ne ferais rien d'autre qu'écrire, mais que je m'acquitterais de ma tâche avec passion et dévotion.

Des policiers bien alignés le long des trottoirs, des militaires à l'entrée du bâtiment où Ragazzini s'entretient avec le Premier ministre sur le point d'être éjecté à coups de pied au cul, des blindés à l'entrée de la ville, des ouvriers qui ramassent la carcasse de la Citerne sous l'œil attentif d'une faction de vigiles qui déroulent un cordon sanitaire long de plusieurs mètres, les badauds qui ne savent plus ce qu'ils doivent regarder ; le désastre de l'explosion, les soldats partout dans la ville, la mère assise dans le square et qui fixe le bac à sable à en perdre la raison, ou faut-il déjà tourner ses regards vers le bâtiment où l'Histoire se précipite. Demain matin, quand chacun se lèvera péniblement pour se rendre sur son lieu de travail, aurons-nous encore une république. Je faisais partie de ces badauds qui ne regardaient pas la Citerne, mais plutôt le bâtiment qui abritait ce que la tyrannie allait bientôt nous cracher. Mes parents m'accompagnaient et j'entendais ma mère murmurer doucement, très doucement, comme elle l'avait toujours fait : « Au revoir, notre chère démocratie. » Combien étions-nous, parmi cette foule d'une cinquantaine de personnes amassée devant le ministère de l'Intérieur, à prononcer nos adieux à la liberté que nous avions connue. Combien étions-nous à comprendre que des gens allaient bientôt disparaître.

Maman se massait lentement l'estomac et papa ne la regardait pas. J'ai vu, ou peut-être l'ai-je rêvé, sa main esquisser un mouvement vers elle. Mais il a arrêté son mouvement avant d'atteindre ses épaules. Pia avait déjà le pressentiment qu'elle danserait son dernier tango en tête à tête avec son cancer. Il n'y aurait pas vraiment de mari pour l'épauler. Juste un être fantoche qui s'acquitte des soins par habitude, mais qui sait déjà que tout est mort en lui. Une dernière valse entre deux vieux amoureux qu'un symbole a tué ; l'explosion de la Grande Citerne. Il se rendra à l'hôpital, il s'occupera de la maison, il viendra même lui lire un livre de temps en temps, quand elle aura décidé de ne plus jamais allumer le poste de télévision. Ils écouteront de la musique ensemble et il ne dira rien quand il constatera que les assiettes restent pleines, qu'elle réagit de moins en moins aux romans qu'il sélectionne pour occuper les longues heures de la journée. Il sera même heureux de retourner au travail, pour échapper à cette existence morne d'homme impuissant qui avait pourtant tellement aimé sa femme. Mais il ne trouvera pas de coupable à accuser quand le cancer aura tout emporté.

Et l'esquisse d'un sourire sur la bouche de Pia, quand elle comprend qu'elle peut au moins y voir un avantage ; elle n'aura pas à assister trop longtemps au triomphe de ce que la politique est capable de produire de pire en termes de déchets. S'il faut dire adieu à la République, alors autant dire adieu à la vie, si plus rien ne sera jamais comme ce qu'on a connu. Autant partir avec la satisfaction de ne pas avoir survécu au pire, quand on a le sentiment d'avoir toujours connu le meilleur. Mais elle sait ce qu'elle laisse derrière elle. Un fils qui n'a pas encore choisi son destin. Elle ignore quel militant chevronné il deviendra. Elle ignore que même aux portes de la mort, le corps en sang, les gencives à nu, hanté par le désespoir de perdre la femme de sa vie, il continuera à combattre. Elle a abandonné un peu trop tôt pour savoir qu'elle aurait toutes les raisons d'être fière, quand bien même elle mourra avant la construction de la gigantesque forteresse.

Ce que j'ignore, moi, quand durant des mois je me faufile le long du pénitencier en construction pour taguer les façades, c'est qu'un jour j'y finirai. Il faut pourtant une bonne heure de vélo pour y accéder. Le pénitencier n'est pas aux portes de la ville. Il est isolé, à l'entrée d'une vaste étendue de champs que plus personne ne cultive, mis en jachère forcée, faute d'eau, ni trop près ni trop loin, pour maintenir intacte cette légende qui fait peur aux hommes. Le pénitencier est là, qui vous attend.

Je suis allée chercher l'Eldorado

Et si nous n'étions pas partis. Si nous avions sagement attendu la pluie. Si nous nous étions contentés des aides humanitaires qui venaient parfois avec des camions pleins de bouteilles d'eau et de riz. Si nous avions prié plus fort et dansé avec plus d'énergie. Si je m'étais penchée comme Karole pour embrasser avec amour ce sol qui m'avait vue naître. Que ce serait-il alors passé si nous avions fait le choix de ne pas tenter le voyage. Je me le répète en boucle, ce refrain qui berce mes nuits sans sommeil. C'est comme une petite litanie. Que je me chante chaque jour. Mais la lune ne me répond pas. Elle est paisible dans son grand ciel qui ne fait pas le tri parmi ses voyageurs. Elle aurait trop de réponses à formuler, parmi toutes ces demandes et ces imprécations de voyageurs excédés de parcourir le monde en ayant toujours l'impression qu'on leur ordonne de retourner à leur point de départ. Elle ne saurait pas offrir l'unique chose que nous attendons : un peu d'eau. Nous la demandons les poings levés, parce qu'il faut savoir crier pour que les indifférents nous entendent.

Maintenant nous retournons au pays. L'aller fut plus riche que le retour, puisque Karole était là, avec nous. Je marche avec un seul poing fermé, ma main droite reste ouverte : d'un moment à l'autre, elle sera là, prête à se glisser près de moi pour loger sa paume tout contre la mienne. Je l'imagine marcher au même rythme que le mien, pour retrouver ses sorcières et ses danseuses. Intransigeante dans ses désirs de fillette, de toutes les fillettes. N'aurions-nous pas fini par trouver de l'eau, n'importe où, au fond de puits qu'on n'a pas encore forés. Tous ces puits que certains viennent creuser, parmi ces gens qui ne nous oublient pas. Parce qu'il y en a, des gens qui pensent à nous, mais leur pouvoir est aussi limité que celui des rois fantoches qui agitent gentiment une petite main vers la foule, lors de commémorations de guerres plus ou moins anciennes. Si nous étions restés dans notre lointain chez-nous, aurions-nous fini par avoir cette sensation de plénitude, quand l'eau fraîche coule dans ta gorge et apaise ton œsophage en feu. Au lieu de cela c'est mon sang qui coule, tant je tousse un mélange de soif et de rage, l'indignité agrippée aux parois de ma gorge, à la racine de ma langue et de mes gencives grises.

Qu'il est long le chemin du retour quand nous avions placé tant d'espérance dans l'aller. Des kilomètres d'un espoir qui fait saliver, pour arriver jusqu'à Cartimandua. Parce qu'il nous en restait encore un peu, de la salive au fond de la gorge. On ne meurt pas quand on place une telle foi dans la vie. Ce sont les autres qui nous font mourir, ceux qui estiment que les milliers de kilomètres parcourus prouvent que nous sommes aussi enragés que des vampires. Mais ce n'est pas le sang, que l'on veut boire, c'est l'eau. Nos ancêtres nous l'ont toujours dit, Ne préfère pas le sang à l'eau. La vie, c'est gratuit. Ne fais pas couler le sang pour ce qui doit être partagé par toute l'humanité.

On avait épuisé tous nos cailloux.
On pensait poser enfin nos valises
Et rester.

Je m'étais promis de la sauver. Coûte que coûte, à n'importe quel prix, comme toutes les mères qui sont prêtes à parcourir le monde entier. Je m'étais promis qu'elle ne serait pas vieille avant d'avoir pu vraiment commencer à vivre. Je m'étais promis que son cou ne serait pas fripé, qu'elle serait aussi belle que toutes les jeunes filles qui respirent la vie à pleins poumons. Parce qu'elles la boivent, la vie. Elles sont belles et fraîches comme des fontaines. Elles sont insouciantes et boivent quand elles ont soif, tout simplement, d'un geste aussi naturel que celui de passer sa main dans ses cheveux. Pour ça, j'ai fait comme tout le monde.

Je suis allée chercher l'Eldorado.

Tout le monde le cherche, cet Eldorado. Dans les plus belles images des livres illustrés, sur Internet, dans les reportages à la télé, par le bouche-à-oreille qui amplifie le mystère et la beauté de l'Univers. On croit qu'à l'autre bout du monde, là-bas, tout est vert et tout est bleu, l'eau à portée de main comme la terre à portée de pied. Tout est facile, évident, accessible. On se saignerait et certains saigneraient même les autres, pourvu qu'on arrive à ce bout de terre qui ressemble au paradis. Quand on y vit, on ne s'en rend pas compte. On est aveugle à la beauté quand on la côtoie tous les jours. Rien ne ressemble plus à l'eau que l'eau quand il suffit d'ouvrir le robinet et de la laisser filer entre ses phalanges, l'eau qui parcourt les tuyaux sans qu'on ait le moindre effort à faire. L'eau lave le linge, l'eau lave la vaisselle, dans des machines qui nous laissent le temps de lire, de danser, d'aimer et même de pleurer. L'eau s'empare de nos déchets et les envoit sous terre, là où ils ne peuvent contaminer les gens qui ont soif. L'eau est propre, purifiée, dans des citernes construites par l'homme, parce qu'il est acquis que l'homme a le souci de l'humanité. C'est là le bonheur que, sans honte, nous recherchons.

La Citerne était blanche, immense, démesurée, pour qui n'avait jamais vu une telle chose de sa vie. On ne la voyait pas, quand on était né ici. Les gens passaient devant sans même lever la tête, plongés dans leurs pensées, le travail, l'amour, les ruptures, les amis, les élections. On ne se soucie pas de ce qui fait définitivement partie du quotidien, sans bataille, sans encombre, tout cela est loin, à présent, c'est acquis et nous pouvons nous permettre un peu de légèreté. Nous avons le droit d'être légers. La Citerne est là, comme une vieille mère attendrissante dont on sent la présence sans avoir besoin de la regarder. Comme une acquisition qui n'occupe pas les pensées, sinon à quoi servirait la modernité s'il fallait sans cesse s'en soucier. Je la trouvais magnifique, cette insouciante légèreté. Mais elle n'émouvait personne. C'était si facile de se procurer de l'eau à Cartimandua. Du moins, au début.

L'humanité ne regarde jamais, même le plus grand de ses trésors, l'eau, la terre, le feu, quand il danse chaque jour sous son regard.

Ma fille, elle, s'en mettait plein les yeux. La Citerne était le plus beau monstre qu'elle eût vu de toute sa vie. Elle était sa sorcière qui avait enfin exaucé ses souhaits. C'était sa fascination, son obsession absolue. Ses absences ne m'inquiétaient jamais. Quand je la perdais de vue deux ou trois minutes, quand je ne savais pas où elle était partie jouer, mon cœur se remplissait de joie. J'avais réussi. Alors je me rendais à son Eldorado, ce qui valait l'ocre de notre lointain chez-nous, la Grande Citerne qui allait bientôt exploser.

La Grande Citerne qui allait bientôt l'avaler.

J'ai entendu l'explosion. J'étais dans la cuisine et nous n'étions pas loin de midi. J'ai tout de suite réagi, comme n'importe quelle voyageuse aux sens aiguisés capable de mettre un mot sur la violence de chaque bruit. J'ai reconnu cet écho de mes lointains souvenirs, venus d'un pays où l'on se bat pour lécher ce qui est nécessaire à la vie. Je suis née dans un pays aux sonorités meurtrières, je suis née là où l'on reconnaît ce genre de bruit. Là où l'on est capable, mieux que quiconque, de le définir.

Cet élan soudain du son qui fait hurler tes tympans et battre ton cœur plus vite.

Le bac à sable. Juste à côté.

J'ai tout lâché et j'ai couru. Mais je n'arrivais pas à avancer. Mes mollets étaient emprisonnés dans du béton armé. Un mur d'eau s'élançait sur nous et les gens couraient dans tous les sens. Ça s'écorchait. Ça hurlait. Des sons d'animaux paniqués, comme seuls les êtres humains sont capables d'en produire. J'avançais à contre-courant, parce que je savais que ma fille était de l'autre côté. Quelque chose en moi, de sourd, d'instinctif, de mauvais, me disait que c'était déjà terminé. Si je la retrouvais, dans ce déluge d'eau mêlé de corps et de troncs d'arbre, je la retrouverais morte. C'était une évidence qui me sciait un peu les jambes, mais j'avançais. À cause de cet espoir qui nous rend si humains. On ne veut pas abandonner, jamais. On veut y croire, jusqu'au bout, on veut se relever. On avance coûte que coûte, notre rythme est ponctué de *Et si*. Et si elle était là, juste à deux pas, dans l'attente que sa mère vienne la chercher. J'ai avancé, épaules contre épaules, percutée par des femmes hystériques et des hommes en colère. J'ai buté contre des enfants, nagé à contre-courant dans des tourbillons d'eau boueuse qui m'envoyaient ce que la ville a de plus sale en pleine figure. J'ai croisé Victor, un de nos compagnons de voyage, son corps enroulé autour d'un poteau. Mort. Évidemment. Alors j'ai hurlé. Parce que c'était la preuve de trop. J'ai continué à avancer, comme une machine, tout simplement. Mais c'était comme si les ruelles s'entremêlaient. Je ne reconnaissais plus ma ville. Alors quand tout s'est calmé, quand l'eau s'est enfin apaisée, je suis restée assise, sur un bout de trottoir, je ne savais même pas ce que j'attendais. Sans doute qu'elle vienne à moi, toute seule, par ses propres moyens. Qu'elle arrive par-derrière, comme dans les films de science-fiction qu'on regarde à la télé et qu'elle me donne une petite tape sur l'épaule. *Moi mourir, maman, jamais. Tu vois bien, je suis là.* Mais rien n'est venu. Quelqu'un m'a appelé alors j'ai levé la tête. Je n'aurais pas dû. Si j'avais continué à fermer les yeux, tout espoir aurait été encore permis. Il y a toujours un moment trop court où l'on souhaite retourner dans le fond de son rêve. J'ai entendu des gens prononcer : « Oh, la petite Karole. Désolé, tellement désolé pour toi. » Et tout le monde s'en va, me laissant avec cette vision qui s'approche lentement de moi.

Le jeune homme est là, à deux pas de moi. Un jeune homme de lointain souvenir, d'une famille partie avant nous et qui nous a donné envie de faire pareil. Jagu, je crois. Un jeune homme qui aimait bien ma fille. Oui, c'est cela, un grand brun costaud que je reconnais pour avoir utilisé sa famille comme modèle. Un enfant de compagnon de voyage.

Un nez-vert, comme nous.

Karole est là, blottie dans ses bras. Son bras penche du côté droit et bute contre sa hanche, à mesure qu'il s'approche de moi. Totalement abandonnée. Aussi vide que moi. Un instant je pourrais y croire ; elle dort, c'est tout, elle est épuisée, sans doute, après tout ce qu'elle a dû nager.

Mais le regard de Jagu me dit que tout est mort en nous.

Elle avait juste soif.

Elle a bu pour l'éternité.

Être pardonné

L'infirmerie est placée dans une annexe. À quelques mètres du bâtiment principal, sous l'œil vigilant des matons qui peuvent nous huer ou nous pousser, selon leur humeur de la journée. C'est un bâtiment minuscule parce qu'on n'a pas souci d'y laisser les gens trop longtemps. Les murs sont construits de briques rouges, d'une couleur un peu plus criarde que celle qu'on a réservée aux autres façades du pénitencier. C'est la couleur rouge de la salle d'interrogatoire que chaque personne présente dans cette forteresse a dû connaître au moins une fois dans sa vie. Ce n'est plus la couleur de l'humanité et des soins, par ici il n'y a pas de Christ pour venir nous sauver. C'est la couleur de l'espoir qui s'émiette chaque jour un peu plus, mais qui reste là, vivace, aussi haletante qu'une plaie vive, celle que je sondais jadis avec ma plume. Et l'envie me reprend de taguer ces murs comme je le faisais autrefois, tous ces murs de briques dont j'ai vu la naissance. Mais je n'ai qu'une toute petite craie pour écrire Tina, la seule sauvegarde de mon humanité. Alors autant, pour le moment, ne pas la gâcher.

On m'arrête alors que je suis sur le point de descendre la pente qui mène à l'entrée du bâtiment, le laissez-passer bien en vue sur ma poitrine.

– Toi, pourquoi tu vas à l'infirmerie ?

– Je ne sais pas, monsieur. On m'a convoqué.

Je prononce « monsieur » comme les gosses de quatre ans mastiquent avec courage leur assiette d'épinards aux quenelles sauce blanche. Je l'ingurgite aussi sûrement que je le méprise, mais que faire. À « monsieur », il répond « toi », et c'est là toute l'injustice qui fait la beauté de la vie, quand elle est si imprévisible. La vie ne t'attribue pas toujours le rôle que tu en attendais. Je suis « toi », alors que toutes les injustices de l'Humanité coulent dans mes veines, il est « monsieur », alors qu'il a choisi sciemment de saccager la vie des innocents. C'est un métier, oui, un métier comme un autre. Bien sûr. Sous l'ère Ragazzini, lequel est le plus déshonorant, prisonnier ou gardien.

Un éclat soudain s'allume dans l'œil unique du gardien qui se nomme Mathéo, selon l'étiquette brodée sur son uniforme. Il en sait plus que moi.

– Vas-y. Traîne pas.

– Oui, monsieur.

Et en marchant, je souffle, Mathéo, Mathéo, Mathéo, avec la promesse que je me suis fait de tous leur casser les dents, un jour. Je me le répète encore en dévalant la pente, je vais frapper. Je sais que je vais frapper. Je vais même cogner très fort. Sur des dizaines de corps. Et même des vingtaines. Si j'ai la force de faire perdurer ma haine jusque-là. Et puis je taguerai leur prénom maudit sur chacune des façades de cet énorme pénitencier. *Scripta manent*, comme me l'avait appris ma mère. Les écrits demeurent et je graverai leur nom dans les briques rouges. Pour toujours.

– Attends !

Je me retourne, c'est toujours lui, ce Mathéo. Il court pour me rattraper et c'est bien la première fois que je vois un gardien courir après un prisonnier. Je recule un peu, juste pour le voir encore parcourir quelques centimètres avant d'arriver jusqu'à moi. J'ai l'impression que là se situe le pouvoir de chaque homme. Laisser les autres venir à soi. Forcer les plus réticents à parcourir ce qui vous sépare. Forcer à rire ou à pleurer, forcer à s'agenouiller, forcer à croire en une divinité qui n'existe pas. Même les prisonniers ont un peu de pouvoir, parfois.

Mathéo m'attrape par le col et regarde autour de lui, conscient qu'il ne devrait même pas être en train de me parler :

– Écoute bien ce qu'il va te dire. Fais pas de connerie.

– Qui ?

Pour toute réponse, il fait un vague signe de la main en s'éloignant. Il m'en a déjà trop dit et il ne voudrait pas être repéré. Je parcours le dernier petit mètre qu'il me reste à franchir, une peur naissante dans le ventre. Qu'est-ce qu'on me veut encore. Je suis ce qu'on appelle un prisonnier modèle. Je n'ai jamais fait la moindre vague depuis mon incarcération, je suis une force tranquille qui attend patiemment son heure parce que je suis comme ça, moi, je suis un être d'espoir jusqu'à mon dernier souffle de vie. Je ne suis pas comme Titouan qui n'y croit déjà plus qu'à moitié. Je suis aussi calme que je serai violent quand le moment viendra. La porte s'ouvre sur un silence immense, un froid dans l'air qui te donne l'impression d'être dans un crématorium. En avançant dans le petit hall, je me rends compte que je n'avais jamais mis les pieds à l'infirmerie. Titouan est un habitué, Marco aussi ces derniers temps, mais je n'avais jamais senti l'odeur d'antiseptique et de soupe chaude jusqu'à présent. Ça me soulève un peu le cœur quand je pense à ces vagues tentatives d'humanité que l'on voudrait conserver, ces tentatives plus ou moins respectables de ne pas nous laisser pourrir dans la crasse, harcelés par les poux. La porte qui donne sur la pièce du fond est entrouverte, je perçois du mouvement à l'intérieur. Y aller, ne pas y aller, un instant mon cœur balance, et je sonde le hall du regard en quête d'un objet pour me protéger. Dans quel guêpier me suis-je fourré. Je n'ai pas vu le piège arriver. Je commence à reculer, le plus silencieusement que je le peux, vers la sortie, lorsqu'un homme apparaît dans l'embrasure de la porte. Il me regarde à peine avant de retourner dans la pièce.

C'est Marco.

– Entre !

Je songe au conseil de Mathéo, quelques minutes plus tôt. Écoute ce qu'il a à te dire, ou quelque chose comme ça.

D'un pas plus décidé, j'avance vers la pièce. Qu'ai-je à risquer au juste. Marco est prisonnier de lui-même et je ne l'imagine pas un instant essayer de me supprimer. Marco vole aux quatre coins de la pièce, visiblement agité. Des fils de fer, une pince à découper, des bandages, des bouteilles de verre et même, ce que je pensais impensable, une bouteille d'essence, des sacs en toile, des chaussures de rechange ainsi que, bien alignées sur les tables, des bouteilles d'eau. Un instant j'oublie tout et je les fixe. J'avais oublié jusqu'à leur existence. Depuis combien de temps n'avais-je pas vu d'eau en bouteille. Depuis combien de temps n'en avais-je pas bu. Marco s'active toujours et me regarde à peine. Qu'est-ce que je fais là. Quelle mascarade est-on en train de nous préparer. Pendant qu'il range toutes ces affaires dans les sacs en toile, je prends le temps de l'observer un moment, puisqu'il ne me parle pas. Marco a fondu comme une glace au soleil. Il ne reste rien du gars un peu pâteux qu'on sentait fort et faible à la fois. Ces montagnes que l'on croit imperturbables mais qu'un grondement fait exploser. Il ne reste que cette masse sèche et sombre, tendue comme un arc sur le point de se rompre. C'est un roc plié par sa seule volonté, un éclat dur et noir dans le regard, une masse de cheveux gris qui lui donnerait presque l'air d'un vieux sage. Je crois n'avoir jamais vu si radicale transformation. Ses mains sont longues et sèches, parsemées de bleus et de brûlures de cigarette vieilles de quelques mois.

Lui aussi est passé par la salle d'interrogatoire.

Soudain il s'arrête et se retourne vers moi, le fil de fer dans la main :

– C'est pour ce soir.

– Quoi donc ?

Je commence à comprendre, mais je veux qu'il le dise. Je veux qu'il parle, puisqu'on est là pour ça. Comment cet homme peut-il avoir ses entrées ici, lui qui se fait régulièrement massacrer par la moitié des gardiens. Comment peut-il connaître le moindre secret que renferme ce camp. Ne jamais laisser quelqu'un endosser trop facilement le costume de victime. Ne jamais le laisser trop se tapir dans l'ombre, un homme trop discret l'est toujours pour de bonnes raisons.

– On évacue ce soir. Ragazzini est tombé.

Devant mon regard incrédule, Marco s'empresse d'ajouter :

– Ne pose pas de questions. Je sais des choses, c'est tout. On ne me déteste pas autant que tu le crois et je connais des gens.

– Ça va être violent ?

– Sur les cinquante gardiens, une trentaine a choisi de déguerpir vite fait avant que tous les prisonniers n'apprennent la nouvelle. Les autres ont prévu de nous faire notre fête.

– Pourquoi ?

Marco hausse les sourcils devant une question qu'il juge tellement idiote. Pourquoi frapper, pourquoi se battre. Pourquoi choisir d'éliminer cette partie de l'humanité que l'on juge mauvaise et responsable du chaos. Pourquoi décider de partir sur un coup d'éclat plutôt que de se sauver comme des voleurs. Et pourquoi partir en prenant le risque de laisser des témoins gênants qui nous reconnaîtraient n'importe où, à n'importe quel moment. Bien sûr qu'ils voulaient notre peau, c'était inscrit dans le registre des évidences, depuis le début. Marco me tend un couteau et je n'ose plus lui demander où il a bien pu le trouver.

– Planque-le. Tu en auras besoin.

On ne se lève pas un matin en se disant qu'avant la fin de la journée on va peut-être tuer. Durant toute ma carrière d'activiste, pas la moindre goutte de sang n'avait éclaboussé mes mains. J'avais mes mots, juste mes mots comme des armes puissantes, mais quelques fois, ça ne suffit pas. On s'était juré de ne jamais être violent mais on vous glisse un couteau entre les mains. Que fait-on après cela. Est-on coupable d'avoir failli aux promesses qu'on s'était faites à soi-même, si jamais l'on plante ce couteau dans le ventre d'un des gardiens. Est-ce que la force d'une idée tient le coup devant la possibilité de mourir, face à des hommes qui, eux, n'hésiteront pas une seconde à nous trancher la gorge. Des hommes comme Marco passent pour être prévisibles dans leurs actes et dans leurs projets, et les brusques bifurcations du destin les révèlent autres, ou plutôt avec la personnalité de toujours qui attendait, nichée quelque part, au plus profond d'un morceau d'âme endormi. Je regarde cet homme que je croyais connaître, dans ses forces et dans ses faiblesses, surtout ses faiblesses, ébloui par cette impression de trompe-l'œil qui orne les faux plafonds des plus belles basiliques de la planète. Qui es-tu, Marco que je croyais trop lâche pour être autre chose qu'un traître. Qui es-tu, toi que je croyais déjà vaincu par toutes tes passions. J'avais prévu que la faim le rendrait féroce, je n'avais pas prévu que les autres le préoccupaient.

– Il faut que j'avertisse Titouan.

– Oui, durant la promenade avant le déjeuner. Il faut faire passer le mot au plus de prisonniers possible.

– Pourquoi moi ?

Marco s'arrête net dans ses gestes. Il ne me regarde pas. Rares ont été les fois où il m'a regardé en face. Il s'assied un instant sur le sac en toile qu'il vient de préparer, comme vaincu par quelque chose de plus grand que lui. Puis il se frotte énergiquement les cheveux comme pour y chasser toutes ces croûtes de médiocrité accumulées ces vingt dernières années. Sa tête penche un peu, il puise le courage de sortir les quelques mots qu'il lui reste à sortir, avant de tirer sa révérence, je le sens.

– Pour Tina.

Soudain, il fouille dans la poche de son pantalon et y extirpe une craie blanche qu'il me lance.

– Je suis désolé, lui dis-je, après l'avoir retournée dans tous les sens.

Je suis sincère. Face à cet homme nouveau, cet homme qui se débarrasse de sa pellicule de lâcheté là où d'autres, jusqu'à leur mort, ne remettent pas en cause la moindre de leur décision, j'ai envie de me traiter de tous les noms. Il est laid, le visage de la vengeance, quand bien même on pense avoir passé sa vie dans le camp des justes. J'ai merdé, c'est tout ce que je suis capable de me dire, quand je le vois fouiller dans l'autre poche de son pantalon. C'est une boîte de craies tout entière qu'il me tend. Incrédule, je le regarde, la boîte encore suspendue dans les airs. Il reste cinq craies encore, et une brèche à peine ouverte se fissure de tous côtés en moi. Face à ma réaction, Marco hausse les épaules et retourne à son sac en toile :

– Chacun a sa manière de faire pénitence dans la vie.

Je n'ose pas écouter ce qui affleure à peine ma conscience. Je n'ai jamais cherché à connaître la provenance des craies qu'on m'offrait alors que je n'avais rien demandé. On m'en a offert une bonne dizaine. Je le regarde encore qui semble plus léger, tout à coup, et je me dis, non, ce n'est pas possible, sur cette terre, qu'un homme soit suffisamment fou pour rechercher lui-même les coups qu'il est certain de recevoir. Mais au cours de l'Histoire, combien de chrétiens fanatiques se sont flagellés eux-mêmes, dans le fond de leur salle de prière, un genou sur le prie-Dieu, pour expier les fautes qu'ils pensaient avoir commises. Quelque chose se morcelle en moi que je n'arrive plus à contrôler. Quand on est un grand homme conscient de ses péchés, on choisit soi-même sa punition. Ahuri et comme un peu saoul, je me lève presque en titubant, la boîte de craies au creux de la main.

– Cache-la, c'est un conseil.

Je range la boîte de craies à côté de mon couteau, presque électrisé par ce curieux mélange d'armes. De quoi écrire et de quoi tuer, moi qui ne croyais tuer que par mes mots. Je soupèse les deux et me demande encore ce que je vais privilégier ce soir, quand je vois Marco être sûr du chemin qu'il a emprunté.

– Tu n'étais pas obligé d'en arriver à une telle extrémité.

C'est tout ce que je trouve à lui dire, devant l'énormité de ce geste que je comprends à peine. Le contact de la boîte de craies me brûle la paume de la main, je sens bien que la honte monte jusque dans le fond de ma gorge. Marco sourit en posant le dernier sac sur le tas déjà prêt. Je sens que son esprit est au-dessus de ça, bien au-dessus de moi. Je soupçonne des territoires de souffrance traversés ces derniers mois, dont je n'ai même pas idée. Un champ intégralement miné dont chaque parcelle explose, petit à petit, une grenade qu'il a dégoupillée lui-même, pour se blesser au plus profond, pour enfin saigner et se débarrasser une bonne fois pour toutes de sa peur. Je commence à comprendre seulement maintenant les kilomètres de vide qu'il a dû parcourir en lui, avant d'en arriver là, sûr de son destin, sûr de ce qu'il trouvera au bout du chemin. Il y a le camp de ceux qui s'engagent, le camp de ceux qui ne s'engagent pas, et au milieu, on croit qu'il n'y a rien. On ne mesure pas l'étendue de souffrance à traverser pour parvenir d'un point A à un point B. Elle tient parfois à une boîte de craies. Je comprends, là, en triturant cette stupide boîte plantée comme une flèche en moi, que l'existence ne se réduit pas à un seul et unique choix, que les cartes du courage, de la timidité, de la cruauté, de la bienveillance, ne sont pas distribuées à l'aveugle dans un écrin dont on ne peut les sortir. C'est un vaste jeu de hasard sur lequel on plaque habilement nos conceptions sur le destin. Je touche alors le couteau, dans la même poche, et je réfléchis à laquelle de ces cartes j'abattrai sur la table, tout à l'heure, lorsque les gardiens seront prêts à se déchaîner sur nous. Je suppose que je serai capable d'en découdre, même anesthésié par la découverte de la véritable personnalité de Marco. Ou plutôt, sa seconde peau.

– Ils ont prévu de nous faire la peau chacun notre tour, dans nos cellules.

– Comment se défendre contre ça ?

– Ce soir, les cellules ne seront pas fermées à clé, je connais le gardien. Fais passer le message.

La discrétion dont il faisait preuve ces derniers jours n'avait donc rien à voir avec la peur ou la culpabilité. Marco était, finalement, plus actif que moi. C'était hors de la prison que je m'épanouissais, Marco aura découvert le véritable sens de la liberté enfermé entre quatre murs de briques. C'est seulement emprisonné qu'il aura été capable des plus grandes choses.

– Qui ferme les portes ce soir ?

– Mathéo. Le cogne pas, celui-là.

Ce que tu bois le plus, l'offense

La moitié d'un verre d'eau.

Voilà ce à quoi nous avions droit depuis des mois, pour certains, des années. La moitié d'un verre d'eau par repas. Matin, midi et soir. Pour qui prend le temps de réfléchir quelques minutes au lent écoulement des heures, quand on a soif, cela signifiait sept heures entre le déjeuner et le dîner, huit heures entre le dîner et le petit déjeuner. Huit heures sans boire une seule goutte d'eau, quand tu te réveilles au milieu de la nuit, la gorge asséchée par une quinte de toux, sept heures sans boire dans l'après-midi, après qu'on t'a forcé à courir dix fois, tout le tour de la cour. La soif, comme un écueil de ta conscience, la sensation accrue de l'asservissement auquel tu te plies parce que tu sais que tu ne peux pas y échapper. La soif te rend ivre et enragé à l'intérieur de ton cœur, mais chaque jour, dans le petit miroir au-dessus du lavabo qui ne crache rien, dans ta cellule, tu constates avec dépit comme tes épaules ne dansent pas en accord avec le rythme de ta hargne. Tu hais, tu as en toi la toute-puissance de l'homme qui dévore chaque jour son lot d'indignité, l'horreur de la situation pourrait accroître tes forces si, quotidiennement, le manque d'eau ne réduisait pas un peu plus tes muscles au silence. Tu sens comme ton corps est un arc qui ne demande qu'à se tendre, mais quel gâchis quand on doit soigneusement ranger ses flèches, faute de force suffisante. La soif. Cette ritournelle qui te rend aussi sage qu'un enfant obéissant, parce que ta langue est trop molle, trop pesante pour avoir même le courage d'insulter. Tu en viens à haïr cette moitié de verre d'eau qui te rend aussi inoffensif qu'un éléphant à qui l'homme arrache ses défenses. Cette moitié de verre d'eau comme une offrande qui se transforme en offense.

C'est là ce que tu bois le plus, l'offense.

Je me souviens du jour où Titouan avait tenté de voler le dernier quart d'un pain qui était resté sur la grille de présentation, à l'entrée des cuisines. On lui avait pourtant appris à ne jamais fixer une chose ou un endroit plus de quinze secondes d'affilée. On lui avait pourtant expliqué que le regard doit toujours être fuyant, pour protéger l'intimité de nos pensées et de nos projets. Ne jamais laisser la possibilité aux gardiens de connaître le fil que tu déroules à l'intérieur de ta tête. Ne jamais les laisser te pénétrer l'âme plus profondément que nécessaire, quand tu as faim, quand tu as soif, quand tu médites un bon coup de poing dans l'estomac. Ne jamais les laisser se rengorger à l'idée que tu es maintenant limité à ta nature instinctive de primate : boire, manger, déféquer, dormir, te battre. Argumente uniquement dans ton esprit, parce que le but est de conserver pour toi-même cette part d'humanité qui brille encore, quelque part au milieu de ton désir animal. Parfois la faim est si prégnante que tu oublies tous ces commandements acquis de longue lutte. Titouan fixait le pain et je n'ai pas réussi à l'en détourner. Sa faim était trop forte. J'ai essayé de le faire sortir du réfectoire une fois le repas achevé, mais il m'a repoussé.

– Je sais ce que j'ai à faire.

Inutile d'argumenter avec un corps en combat. Il s'est arrangé pour se placer au milieu de la file de sortie et a créé une collision entre plusieurs prisonniers pour détourner l'attention. Il s'est emparé de ce morceau de pain comme d'autres devaient se jeter sur la moindre flaque d'eau. Ça aurait pu passer, il y a cru le temps d'une minute. Il est arrivé dans la cour avec le morceau de pain dans sa poche, déjà persuadé qu'il le mangerait à loisir, dans le fond de son lit. Il était prêt à patienter quelques heures pour ne le manger qu'à la nuit tombée, le jeu en valait la chandelle.

– Toi, mets-toi à genoux !

Tout le monde s'est figé, moi le premier. De loin, j'avais eu le temps d'observer la scène et je savais que l'un des gardiens l'avait vu opérer son petit manège. Titouan avait tellement faim qu'il s'était cru le plus malin du monde, alors que sa tentative était aussi lisible que la ruse d'un enfant de quatre ans.

– Sors ce que tu as mis dans ta poche.

Titouan s'est exécuté, vaincu. Il savait ce qui l'attendait, devant tous les camarades. Il savait qu'il servirait de leçon. Pour l'exemple, diraient-ils en lui fracassant les dents contre le bitume froid. Alors il a sorti le morceau de pain qu'il a posé au sol au lieu de le remettre au gardien, ultime rébellion dérisoire qui fit sourire les copains, attendris. Le gardien l'a repoussé de son pied. Le pain ne l'intéressait pas. C'était la perspective de corriger le nuisible qui le mettait en émoi. J'ai baissé les yeux un instant, je n'avais pas envie de voir mon meilleur ami se faire savater par trois gardiens, devant une foule de prisonniers qui regarderaient, mi-fascinés, mi-dégoûtés. Mais c'était plus fort que moi, j'ai levé les yeux et j'ai regardé, pour y puiser les images nécessaires à ma future vengeance. Celles qui me permettraient de n'avoir peur de rien, au moment où, moi aussi, j'aurais le droit de frapper. Je lèverais le poing en criant « Pour Titouan ».

– Comme ça, on vole du pain ? On est un criminel jusqu'au bout ?

C'est le genou du gardien qui est parti en premier, droit dans la nuque de Titouan. J'ai senti comme il résistait à l'envie de s'allonger au sol, pour simplement laisser la douleur l'envahir, faire céder toutes les barrières de la pudeur, hurler. Mais il a serré les dents, comptant sur ses doigts le nombre de secondes qui le séparaient du coup suivant.

– Tu ne réponds pas ?

Les rangers ont heurté le coin de sa bouche, puis sa tempe. Jamais Titouan ne m'a semblé plus digne qu'en cet instant où il passa sa langue sur ses lèvres, pour y lécher les gouttes de son sang, sans émettre le moindre son qui aurait pu être interprété comme de la faiblesse. Montrer sa force était aussi dérisoire, il le savait parfaitement, mais qu'importe la douleur quand on sent peser lourd son âme après avoir demandé pardon. Jamais il n'a demandé pardon, je savais pourquoi j'avais décidé qu'il serait mon meilleur ami. Titouan me fixait entre deux coups administrés sur ses omoplates et ses épaules, je n'ai jamais si bien entendu le langage du regard, moi qui ne regardais que rarement les gens dans les yeux. Je lui disais Tu es grand, tu es fort, personne ne peut brûler cette enveloppe de dignité qu'on voit briller, même sous les bleus et les flots de sang. Tout le monde voit que tu es debout, même à genoux et que jamais, jamais, ils ne réussiront à te faire embrasser le sol. Je lui disais Encore quelques coups, tu as essayé, ce n'est pas grave, tu n'as rien à regretter. Encaisse, quelques minutes encore, ils suent à grosses gouttes, je te promets qu'ils vont bientôt arrêter. Je voyais les poings serrés de mes camarades, silencieux et rugueux comme des rochers, je savais que chacun, à sa manière, tentait de l'encourager.

– Personne ne l'accompagne à l'infirmerie. Qu'il se démerde seul, ce crevard.

Le gardien cracha sur la nuque de Titouan, comme si sa salive pouvait mieux le briser que la force de ses poings. Mais il s'est relevé et a penché la tête, silencieusement il a lu : Martial. Sans prononcer un mot, il s'est relevé, le prénom de celui qu'il tuerait dans le creux de l'estomac. La meilleure de toutes les faims. On se relève de tout, je te le dis, moi. C'est ce que je lisais, de profond et d'indestructible, dans ces prunelles qui résistaient plus sûrement aux coups qu'à la tentation d'un simple morceau de pain. On se relève de tout, même si je passe de longues heures à l'infirmerie.

Plus tard, quand il est revenu, un sourire barrait son visage, malgré le bleu violacé qui naissait à la commissure de ses lèvres. Un instant, j'ai cru que la folie nous l'avait définitivement perdu. Mais il s'est approché de moi et a désigné discrètement l'intérieur de sa veste. Le morceau de pain était là, bien visible, trônant comme un roi dont on a défendu le royaume, quitte à lécher le bitume et les pompes des gardiens. Le morceau de pain avait réintégré la veste et je ne comprenais plus rien.

– Tu te demandes comment j'ai réussi ce tour de force, n'est-ce pas ?

– C'est ta récompense pour avoir encaissé les coups ?

– En quelque sorte…

Il s'est penché vers moi, fier du secret qu'il était sur le point de partager avec moi :

– Tu vois le gardien qui a une cicatrice le long de l'œil gauche, celui qu'on surnomme le Borgne ? Il m'attendait près de l'infirmerie.

– Pourquoi ?

– Il m'a juste dit « Ne fais plus de conneries » et il m'a tendu le morceau de pain. Il est parti continuer son tour de garde sans rien ajouter.

Le gardien à la cicatrice sur l'œil gauche, celui qui ne savait pas s'il devait être fort ou faible, celui qui surnageait dans des convictions toujours fluctuantes en fonction de ses émotions qu'il ne savait pas toujours contrôler, celui qui nous regardait avec les yeux rentrés, si bien qu'on ne savait pas si c'était nous qui le dégoûtions ou s'il avait simplement le dégoût de lui-même, ce gardien-là, capable de porter des coups comme on se jette du haut d'une falaise par désespoir ou comme on avale trait sur trait une dizaine de verres d'eau-de-vie, pour oublier, cet homme qui avait sensiblement notre âge et ne savait pas s'il fallait penser une bonne fois pour toutes que la vie est belle ou ignoble, c'était Mathéo, que je croiserais ce matin, bien décidé à s'arrêter sur une décision, cette fois-ci.

À midi pile, personne ne songe à le haïr, ce verre d'eau. Personne ne songe à rien d'autre qu'à sauver sa peau. Personne ne s'imagine assez stupide pour croire que l'attaque attendra patiemment jusqu'au soir pour faire ses premières victimes.

À midi pile, chacun sait qu'avant le soir ce sera fini.

La peur se glisse et se trompe

Je ne cherche pas à savoir si je peux me trouver des excuses. Je ne cherche plus à savoir si l'on pourrait me pardonner. Les actes que l'on a commis sont gravés dans les consciences, au marqueur indélébile, le mieux que tu puisses faire, dans la vie, c'est de te dire une bonne fois pour toutes, Oui, je l'ai fait. Regarder les gens bien en face, acquiescer et dire, Bien sûr, madame, j'étais là, j'ai participé, bien sûr, monsieur, j'ai obéi aux ordres qu'on me donnait. Avancer, trouver ton équilibre précaire qui ne peut se stabiliser que dans la vérité. Pourtant, on m'a pardonné, et je pourrais presque dire que je dois vivre avec ça. Vivre avec le pardon des autres sur ma conscience, ce n'est ni pire ni mieux qu'une sentence de mort. C'est la certitude qu'on te colle ta propre vie entre les mains en te cachant le mode d'emploi. À toi de construire, à présent, sans faire de nouvelle connerie. C'est peut-être la meilleure chose qu'on ait faite pour moi ; lâcher ma main au-dessus de la falaise, attendre de voir si, une fois tombé, je serais capable de nager pour remonter à la surface, ou, comme tant d'autres, bêtement me laisser noyer. On m'a accordé une seconde chance, je me répète cette litanie chaque matin au lever. Seconde chance, pas de connerie, seconde chance, pas de connerie.

Au procès, on a parlé de ma psychologie, des failles de mon développement personnel, de ce logiciel un peu cassé dans les profondeurs de mon esprit, depuis la Citerne, de ces souvenirs qui nous hantent et qui façonnent notre personnalité. Je suis resté interdit devant des mots qui me concernaient et que j'entendais pour la première fois. Je n'ai pas su expliquer les déchirements et les fissures qui s'accentuent d'année en année, de l'explosion de la Grande Citerne à l'explosion du pénitencier. Je n'ai pas su expliquer pourquoi, tout à coup, j'ai su prendre les bonnes décisions après une série de mauvaises. Je sens que les mots qu'on choisit de faire siens et les idéologies qu'on adopte ne sont qu'une affaire de rencontres. Tout dépend de qui l'on rencontre en premier. On m'a voulu libre et, depuis, je cherche un sens à donner à ce précieux cadeau qu'on a laissé entre mes mains, là, qui palpite et qui attend que je m'occupe de lui : la liberté.

Ce que je sais, en revanche, c'est que j'avais peur.

Je défie quiconque de me dire que, bien souvent, la peur est bonne conseillère. La peur se glisse et se trompe, bute sur nos instincts et revient sur nos premières décisions. La peur se trompe et nous trompe parfois, parce qu'elle est humaine, voilà tout.

Quelque chose a explosé au loin et le sol s'est mis à trembler. À quatorze ans, j'avais peur de la terre qui tremble et des hommes qui aboient leur colère, des adolescents qui se noient dans le discours de leurs parents, de la télévision qui crachait ses bombes et ses larmes comme on faisait exploser les paquets de Skittles au milieu de la salle de classe, juste pour rigoler. À quatorze ans, j'étais prêt à croire quiconque me dirait qu'il avait dans ses mains toutes les cartes pour qu'enfin la peur s'arrête. Nous sortions pour ne plus entendre parler du dernier attentat et nous lisions les graffitis sur les murs. Les conversations qui se poursuivaient de rue en rue, les slogans qui déployaient leur rhétorique contre les nez-verts ou contre le gouvernement, au choix, selon les quartiers dans lesquels nous nous trouvions. Et je nageais au milieu de ces paroles meurtrières, sans trop savoir sur quelle rive me poser, vaincu parfois par l'idée qu'on nous envahissait, vaincu parfois par une voix plus profonde, trop profonde pour que je l'écoute réellement, et qui me disait que l'eau est aussi précieuse que le sang, que chaque personne a le droit à ce jet qui coule en soi pour rester ce que nous sommes, des êtres humains. Selon les slogans, je bifurquais, pas tout à fait en mesure de m'essayer à ma propre argumentation. Et puis un jour, lors d'un dîner, en entendant ma famille s'anéantir à coups de thèses et de contre-arguments, j'ai compris pourquoi je voguais mollement d'un monde à l'autre : il n'y avait pas assez de haine en moi. Haïr les nez-verts ou haïr les politiciens, chacune des personnes que je croisais avait le ventre rempli de cette haine qui leur permettait ce luxe incroyable, se battre pour ses convictions.

Mes convictions volaient en éclats et se reformaient à mesure que je déambulais dans les quartiers. Je lisais sur la Citerne, « C'est à nous », que les ouvriers s'empressaient de repeindre en blanc quelques heures après. Je lisais sur le mur de la mairie « Boire, c'est pour tout le monde ou pour personne », que les services municipaux repeignaient, eux aussi, avec la célérité de l'homme qui a peur. Je nageais dans cette indécision, comme la moitié des gens que je connaissais. C'est pour cette raison que la Citerne a explosé. Parce qu'il fallait que quelqu'un décide, à force de voir les êtres valser au milieu de leurs atermoiements. C'était à qui prendrait une décision en premier. Alors le sol a tremblé une fin de matinée de juillet. Nous étions sur le point de manger, le quotidien était ce marbre sur lequel tout le monde s'appuyait, comme une bouée de sauvetage qui nous donne l'impression que la vie se situe là, dans le respect du repas de midi. Nous nous sommes regardés et aucun n'était capable d'identifier la nature de ce bruit. Un bruit de guerre, un bruit de tremblement de terre. La terre qui gronde et qui se venge de toutes ces individualités qui se proclament humaines mais qui gardent au fond d'elles l'instinct du primate qui érige en valeur suprême la protection de son territoire. Nous nous sommes levés quand nous avons entendu les cris. Nous avons fait comme tout le monde, nous sommes sortis, pour constater, effarés, la masse d'eau et d'êtres humains qui s'agglutinaient pour broyer tout ce qui se trouvait dans son périmètre.

– Quelqu'un a fait péter la Citerne !

C'est ce qui a réveillé mon père, quand il m'a poussé hors de la maison pour échapper au tsunami qui fonçait droit sur nous. J'ai couru, comme tout le monde, la peur gluante et poisseuse qui maintenait mes chevilles au sol. Je sentais la main de papa plaquée contre mon dos, Cours, cours plus vite ! J'ai poursuivi encore quelques mètres quand je n'ai plus senti la main de mon père. J'étais seul au milieu de tout le monde qui courait. C'est là que ça s'est produit, je ne l'ai pas vu arriver. J'ai simplement vu la barre de fer, aussi à l'aise qu'un boomerang ou qu'un poisson dans l'eau, une pièce détachée de la Citerne ou d'une voiture, ce qui, dans le fond, n'avait pas la moindre importance pour ce qu'elle s'apprêtait à faire. J'ai juste eu le temps de me redresser avant d'être propulsé en arrière. C'était comme si la terre m'avalait, le crâne emprisonné dans un étau. Un vrombissement lointain qui cognait aux portes de mes tempes quand l'eau tentait à toute force d'entrer dans ma gorge. J'ai eu le temps de me demander pourquoi je ne voyais plus que d'un œil, avant que tout ne sombre dans le néant. Je me souviens des bruits confus, étouffés, des bruits de vagues de mer quand tu mets la tête sous l'eau et que les sons te reviennent par intermittence. Je me souviens ne pas avoir eu tellement mal, le corps alangui par les nappes d'eau qui venaient et repartaient, de moins en moins fortes, de moins en moins fréquentes, me donnant finalement l'impression que j'étais bercé. Je me suis dit, Si c'est ça la mort, ce tout petit lointain qui vient te chercher tranquillement, sans te brusquer, ce n'est pas si mal.

Lorsque j'ai repris conscience, l'eau s'était calmée et stagnait tout autour de nous. Les gens marchaient comme des fantômes, égarés, ahuris, certains pianotaient déjà sur leur téléphone portable et leurs mains tremblaient à l'idée de ce qu'ils allaient entendre à l'autre bout. Alors j'ai fait comme tout le monde, j'ai marché, moi aussi, en titubant un peu parce que je ne voyais plus que d'un œil et que cette révélation soudaine me faisait perdre mon équilibre. Assise sur le trottoir d'en face, une femme tendait les bras, une nez-vert. Ses yeux exprimaient une douleur si abyssale que je me suis retourné, presque machinalement, pour essayer de comprendre ce qu'elle fixait. C'est là que j'ai vu Jagu qui marchait en pleurant. Dans ses bras, il tenait une petite fille dont le corps était disloqué comme une poupée. Mon visage me faisait mal, mais pas autant que le hurlement de cette femme. J'ai accéléré le pas pour échapper à ça, je ne veux pas regarder, je ne veux plus rien regarder, je veux mon père si la vague ne l'a pas emporté. Une femme m'a arrêté et m'a contemplé comme le font les admirateurs de Picasso ou de Francis Bacon, la première fois qu'ils voient *Self Portrait*.

— Va à l'hôpital, maintenant !

J'ai porté la main à mon visage pour toucher mon œil, mais elle a saisi mon poignet :

— Ne touche pas, viens, je t'emmène à l'hôpital.

C'est là que j'ai compris. Instinctivement, sourdement, même si les mots ne se bousculaient pas encore en moi. J'ai compris que je venais de basculer radicalement du côté de la peur et que j'offrirais mon âme au plus offrant, celui qui me garantirait que je serais à nouveau en sécurité, celui qui me jurerait que, bientôt, tout cela ne serait plus qu'un lointain cauchemar. Je me donnerais corps et âme à celui qui vengerait mon œil perdu. Il a fallu que ce soit Ragazzini.

C'est dans le pénitencier que je n'ai plus assumé. J'ai frappé, pour me débarrasser de cette pellicule qui m'encombrait. Plus je frappais les prisonniers, plus je maintenais à distance l'idée que je m'étais trompé. Ils étaient meilleurs que moi, ils risquaient leur vie pour ne pas obéir à leur peur, cette peur obscure et animale qui te pousse aux plus atroces soumissions. Cette peur qui te donne l'impression que tu n'es plus digne d'être toi-même. J'avais peur, alors je frappais ces gens qui avaient soif et faim, parce que nous avions reçu pour consigne de ne donner que le minimum vital, pour les maintenir dans cette léthargie qui canalise le besoin de se révolter. La fatalité les écrasait, et nous ajoutions à l'écrasement la force de nos poings. Mais je frappais de plus en plus mollement, n'y croyant pas, sentant comme je jouais à être quelque chose, pour au moins ne pas être rien. Je les méprisais pour cette pellicule de lâcheté qui m'encombrait. Puis, un matin où j'achevais mon tour de garde, j'ai vu l'un des prisonniers, Marco, celui que tous les gardiens battaient. Il était en train de refiler une craie à l'un de ses camarades. Depuis plusieurs jours nous le battions parce que nous étions persuadés que c'était lui qui écrivait « Tina » sur les façades du pénitencier. J'ai observé la scène de loin et j'ai attendu de voir l'usage qui allait être fait de ce morceau de craie. C'est là que j'ai compris. La craie était pour Thiego, un autre prisonnier, mais il se servait d'un intermédiaire.

Quelques jours plus tard j'ai fini par lui demander. J'avais besoin de savoir quel être humain, sur cette terre, était assez fou pour distribuer lui-même les armes qui serviront à l'attaquer.

— Parce que je l'ai trahi.

— Comment ça ?

– J'ai eu peur et je l'ai dénoncé. Maintenant je dois en payer le prix.

– Tu as eu peur d'être arrêté ?

– Oui. Pas besoin d'avoir des convictions, quand tu as peur.

La peur. Ce langage-là, je le connaissais par cœur. Alors j'ai aimé Marco. Je l'ai aimé comme un frère parce que j'ai compris qu'on peut être faible, mais qu'on se doit de porter sa faiblesse jusqu'à ce qu'on trouve le moyen de lui échapper. J'ai compris que, geste après geste, je pouvais gommer ce que la perte de mon œil avait gelé en moi. Conserver un morceau de pain pour l'homme qui venait de se faire massacrer simplement parce qu'il avait faim, remplir chaque jour tes poches de ce que l'ami t'a demandé, au risque de te faire pincer ; fil de fer, couteaux, essence, eau, craies. Aider l'ami à sauver des hommes, le jour où je lui avais rapporté ce que les informations répétaient en boucle : Ragazzini s'était fait destituer. Il avait perdu.

Je mentirais aujourd'hui si je disais que la peur s'est totalement évaporée. C'est un long manteau d'hiver qu'on s'est accoutumé à porter et qu'on tente d'ôter, de temps en temps, jusqu'à ce qu'un jour on le retire définitivement. Mais je n'ai pas eu peur, le jour où le pénitencier s'est enflammé. La peur est revenue plus tard, à petites doses, comme une vieille douleur qui ne fait que passer mais qui promet qu'elle se fera discrète, dorénavant. L'eau a tout emporté, mon père, la confiance que j'avais dans le quotidien qu'on se construit, les certitudes qui bâtissent des ponts ou des murs entre les hommes.

L'eau a tout lavé mais j'ai mis un peu de temps à sécher.

L'ami aime en tout temps, et dans le malheur il se montre un frère

Tout se sait trop vite dans les lieux clos, la ferveur qui plane dans l'air du réfectoire est aussi épaisse qu'une nappe de brouillard. Comment Marco et Mathéo pouvaient-ils penser que le secret passerait tranquillement de bouche à oreille, sans que rien s'agite en nous, que les cœurs des prisonniers demeureraient paisibles jusqu'au moment du coucher, sans qu'aucun ait l'idée de tenter quoi que ce soit dans ce laps de temps si incertain. Comment pouvaient-ils occulter cette évidence : la soif de revanche les pousserait à anticiper. Quand on rêve de frapper, quand on s'imagine, chaque nuit, fracasser les gencives et les omoplates de ceux qui t'ont si longtemps offensé, quand les courses d'endurance dans la cour carrée sont autant de forces que tu prends et que tu conserves pour le jour où tes genoux serviront à faire plier des cous. Même moi, dont la seule rébellion fut l'écriture, moi qui me servais de bombes de peinture et de craies, je sais que si je n'arrive pas encore à me faire à l'idée que je vais peut-être tuer, du moins vais-je frapper, aussi fort que je le peux, aussi brutalement que ma libération l'exige. C'est ma seule consolation, frapper jusqu'à plus soif de revanche.

Je crois que Marco avait conscience de l'impatience qui grouillerait dans l'estomac de chacun. C'est pour cette raison qu'il m'a convoqué à l'infirmerie, là où je pouvais voir tous les préparatifs, parce qu'il savait que je ne résisterais pas à l'envie de le dire à chaque prisonnier que je croiserais, Dans l'infirmerie, tout est prêt pour qu'on ne se batte pas à mains nues, fais passer le message. Des fils de fer, de quoi fabriquer des cocktails Molotov, des sacs pleins pour se tailler vite fait sans crever de faim et de soif. Des couteaux. Des bouteilles d'eau ! Chacun avait déjà le pressentiment, au moment d'entrer dans le réfectoire, que la fin du repas n'aurait jamais lieu.

À midi pile, certains des visages connus avaient disparu, la fuite des gardiens s'organisait déjà. Pourquoi devrions-nous attendre pacifiquement qu'ils viennent dans les cellules pour se débarrasser de nous.

À midi pile, j'ai reconnu Mathéo qui m'observait avec anxiété, pas certain du rôle qu'il aurait à jouer jusqu'au soir. Je ne te toucherai pas, voilà au moins ce que j'ai tenté de faire passer dans mon regard, dans le moment où tout le monde s'installait. Tu es correct, je suis correct. Tu ne m'attaques pas, je ne t'attaque pas. Tu me soutiens, je serai ton meilleur ami, le temps de quelques minutes. Après, chacun pour soi.

Midi cinq, je m'aperçois que les quelques gardiens qui nous surveillent dans le réfectoire cherchent quelqu'un. Où est-il, où est-il, ça se répercute de bouche en bouche et je sens que ça monte, que ça va bientôt exploser. Alors moi aussi je regarde autour de moi pour voir qui manque à l'appel, qui décide, comme ça, de ne pas manger, alors qu'on a déjà si peu. Titouan me glisse un prénom à l'oreille et, dans le même moment, Mathéo répond à haute voix, presque en criant :

– C'est bon ! Il est juste parti aux toilettes ! C'est moi qui l'ai autorisé.

Les gardiens s'observent les uns les autres, déjà certains que l'ennemi ne sera pas seulement le prisonnier. Qui va-t-on frapper en premier, celui qu'on est chargé de surveiller ou le collègue avec qui on buvait un coup la veille encore.

Alors ça circule de bouche en bouche, Marco. Marco, et tout le monde sourit, même plus embarrassé par la matraque et la nervosité des gardiens. Ils triturent leur calibre dans l'étui, contre la poche gauche. Ils ont des armes, eux, de vraies armes. Personne ne mange. On fixe nos couteaux en plastique, tiens, est-ce que ça ferait une bonne arme, ou le plastique se briserait-il comme du verre au contact de la gorge des gardiens. Les couteaux, les fourchettes, même leur moitié de verre d'eau qu'on pourrait leur balancer au milieu du front. Titouan, à côté de moi, ouvre et ferme son poing, prêt à bondir comme un lion. Le morceau de pain chèrement acquis lui est resté en travers de la gorge.

Midi dix, on est déjà prêts à défendre nos maigres os jusqu'à la dernière miette de nos forces quand l'explosion retentit dans la cour et fait voler en éclats les vitres du réfectoire. Certains sont déjà tombés au sol, quelques éclats de verre fichés dans les joues, mais personne ne bouge encore, rendu sourd par le bruit de la déflagration. Je ne saurais expliquer ce flottement qui nous rend imperméables à tout instinct, lorsque la routine de la prison est si parfaitement calibrée que le moindre changement nous laisse aussi anesthésiés qu'avant une opération. Il ne s'est rien passé durant une poignée de secondes, et c'est cela le plus impressionnant. C'est le hurlement à l'entrée du réfectoire qui nous a réveillés. Une masse de feu semble s'approcher de nous, un pantin désarticulé agite ses membres dans tous les sens, tentant d'éteindre ces flammes qui lèchent tout son corps. Jamais je n'ai vu pareil spectacle, lorsqu'un homme hurle pour vivre encore alors que la totalité de son enveloppe charnelle est déjà condamnée. La tête de Marco apparaît dans l'embrasure de la porte et nous désigne la cour. C'est là que tout le monde comprend. Ce qui a explosé, c'est la salle réservée aux officiers, qui sont en train de rôtir dans la cour.

– À terre !

C'est Mathéo qui vient de hurler cet ordre, on ne cherche pas à comprendre, on se couche. Les balles fusent contre le plâtre qui tombe au sol, les gardiens défouraillent avec l'énergie du désespoir, ne surtout pas crever, leur tirer dessus tant qu'ils sont au sol, ne pas leur laisser la possibilité de se relever, ne pas les laisser arriver jusqu'à la cour. Dans le moment où ils rechargent leurs armes, les corps glissent au sol vers la sortie. Je me fais coulant comme une anguille, Titouan juste derrière moi, toutes griffes dehors. Il ne réfléchira pas, Titouan, déjà je sais que s'il peut tuer, il ne se demandera pas s'il en a la légitimité, rien ne se passera en lui, si ce n'est la hargne d'avancer. L'humiliation pour un simple morceau de pain a tué en lui ce qui pourrait rester de crainte et de doute. Si j'arrive jusqu'à la cour et qu'un gardien me barre la route, je l'assassine aussi sûrement que j'ai volé le pain. Ça me donne la force d'avancer. La certitude que Titouan se battra pour vivre, qu'il n'a pas l'intention d'abandonner alors qu'on est si près de nous échapper. Je rampe vers Marco qui agite ses bras dans notre direction, tout en se protégeant comme il le peut des projectiles des gardiens qui se font plus rares.

Mathéo a choisi son camp. Froidement, il abat l'un des gardiens. Celui qui visait mon crâne au moment où j'atteignais la porte.

Les sacs sont là, à portée de main, rangés en tas dans la cour, mais je sais que ce que je redoutais ne peut que se produire, là, alors que je pourrais saisir l'un des sacs et m'enfuir vers les champs. Titouan s'est déjà emparé d'un sac et a récupéré l'arme d'un gardien. J'en prends un, moi aussi, quand une main enserre mon poignet. Le regard de Coppenole, planté dans le mien, un cran d'arrêt dans l'autre main. Je n'ai qu'à sentir l'étau qui serre mon avant-bras pour savoir que je n'aurai pas le dessus. Jamais. Je comprends, là, à quel point les rêves restent des rêves. La fureur a beau être nichée au plus profond de moi, j'ai beau être imprégné de haine et de colère, je suis incapable de laisser exploser ma violence par la force de mes poings. Je ne sais pas me battre. Dans un ultime sursaut, je tente de retirer mon bras, avec dans le coin de l'œil la silhouette de Titouan, les mains fermées sur la gorge d'un gardien. Je me sens si inutile, en cet instant, que j'ai bêtement envie de rire lorsque je vois le cran d'arrêt du gardien se lever au-dessus de ma tête. Il va m'abattre, je le sais, je tente de récupérer le couteau de Marco dans ma poche, mais ma main tremble, je ne suis plus capable de rien. Je contemple, c'est tout, la perspective de ma mort quand Ragazzini a perdu. J'anticipe ; le couteau dans ma gorge, j'aurai sans doute un peu mal, mais pas longtemps. Ce sera vite fini.

J'ai déjà les yeux fermés quand je sens l'étau autour de mon poignet se desserrer. Coppenole glisse lentement au sol sur ses genoux, son regard planté droit dans le mien. Il a l'air surpris et en même temps déjà quelque chose s'éteint. Derrière lui se dresse le profil de Marco, une arme à la main. Il vient de le tuer pour moi. Je n'ai pas le temps de ressentir, pas le temps de mesurer son acte, pas le temps de me dire que sur cette planète où je me croyais un juste parmi les justes, il y a des êtres tellement plus justes que moi. Je n'ai pas la moitié d'une seconde pour lui dire que c'est un phoenix, un survivant qui vient de retirer son scaphandre, combien j'admire cette mue au prix de son sang. Il n'y a rien d'autre que le silence entre nous, les actes crient cette loyauté que l'on trouve seulement ici.

– Tu t'en vas, maintenant !

Je voudrais lui répondre Non, je t'offre le coup de main que tu mérites, pas question que tu restes seul ici, avec les gardiens qui sont encore là. Je trouverai bien une solution pour être plus fort.

– Titouan, emmène-le.

Titouan me tire par le bras quand les gardiens nous visent encore, une balle vient de nous frôler, j'ai senti quelque chose passer tout près de moi. Je me retire de la cour en ne quittant pas Marco des yeux. Merci. C'est tout ce que j'essaie de faire passer, aussi intense que me le permet la force de mon regard. Essaie au moins de survivre, c'est tout ce que nos yeux peuvent exprimer, quand on quitte celui qu'on sait ne jamais revoir. Déjà deux gardiens courent vers lui et je ne suis pas certain qu'il ait le temps d'esquisser le moindre mouvement pour se protéger d'eux. Le chemin est balisé de corps jusqu'à la sortie. Des corps d'hommes bien avec qui j'ai mangé, prié, couru, trinqué, avec dans la main nos moitiés de verre d'eau. Des corps qui ne danseront pas sous les hymnes à la liberté qu'on nous chantera dans quelques semaines. Aurai-je l'occasion de danser ces hymnes, moi, alors que les champs me semblent encore si loin. Déjà les bruits de corps qu'on abat se font plus confus, plus lointains, il se pourrait bien qu'on s'en sorte vivants, de ce pénitencier. Je me retourne une dernière fois mais je ne vois plus rien, une fumée opaque et noire monte vers le ciel, c'est tout le pénitencier qui prend feu. Je ne le pleurerai pas, ce bâtiment que j'ai tant de fois tagué, quand il n'avait pas encore connu la mort des hommes.

– Tu crois qu'il va s'en sortir, Marco ?

Titouan s'est aussi retourné, essoufflé.

– Non. Ce n'était pas l'objectif.

Titouan ne comprend pas le sens de mes paroles. Je ne cherche pas à lui expliquer ce que je commence à peine à saisir moi-même. Durant de longues semaines, je ne lui ai parlé de Marco que comme du traître, du lâche, du faible. Je n'ai pas eu le temps de lui expliquer Marco lucide, déterminé, pénitent et plus que jamais conscient du rôle qu'il avait à jouer. L'ami aime en tout temps, et dans le malheur il se montre un frère. Ma mère m'avait cité ce proverbe lorsque je lui avais parlé de Thorvald, le lendemain de son départ. Elle s'était montrée une sœur en sacrifiant la plus grande amitié de papa, parce qu'il y avait une chose plus importante que de préserver deux grands amis, c'était la vie elle-même. Elle s'était montrée une sœur et papa n'avait pas su voir que maman n'avait sacrifié que le superflu au profit de tout ce que Thorvald avait encore à vivre. Il n'avait pas réussi à lui pardonner ce qui pourtant était le plus beau des sacrifices.

Dans le malheur, Marco n'avait pas toujours été un frère. Mais il m'a aimé en tout temps, c'est aujourd'hui que je le comprends. Il n'a pas douté un instant, durant toutes ces semaines de faim, de soif et de coups, que j'avais toujours été son frère, même quand il avait failli. Il n'avait pas douté un instant qu'un jour il trouverait le moyen de rejoindre son frère.

– Par où on passe ? Tu sais où on va ? me demande Titouan.

– Non, mais on est dehors. Alors on trouvera.

– À droite ou à gauche ?

– Va pour la gauche.

Je soutiens Titouan qui titube un peu, mal remis de sa bagarre. Puis, avant de prendre la route, je saisis une craie que j'avais laissée dans la poche de mon pantalon. Sur la façade en briques rouges, sur laquelle on peut lire en grosses lettres dorées *Pénitencier Aquanerό*, j'écris en grand : MARCO.

Une vie qui m'attend

La marche m'apaise.

Les premiers temps, nous marchons en silence, Titouan et moi. L'un à côté de l'autre, chacun occupé par ses propres pensées. Nous traversons les plaines désertiques que l'explosion de la Citerne a ravagées. De vastes étendues d'herbes sèches et de grandes plantes un peu mystérieuses à demi courbées par le soleil. Elles sont si brûlées que je ne suis plus capable de mettre un nom sur ce qui s'étale sous mes yeux, à mesure que nous avançons. Des paysans arrachent des herbes et tâtent le sol avec leurs baskets. Il reste ce courage et cet espoir un peu fou qui laissent les hommes debout. On revient quand même, on se bat contre les éléments, l'herbe demeure obstinément sèche mais on y croit. Tout est possible, à présent. Où en est l'eau, depuis que nous sommes partis. Je me souviens des descriptions que ma mère avait fait de ces plaines, elle qui avait connu les fruits à portée de main, gorgés d'eau et de vent, quand elle se glissait dans les champs des propriétaires ; voler un fruit, juste un fruit, pour se désaltérer.

Je ne reconnais plus ce paysage que j'ai tant de fois parcouru à vélo, le temps ne signifie plus rien, j'ai l'impression que dix ans se sont écoulés. Mon corps est vieux, il ne me sert à rien. C'est ça qui affleure ma conscience depuis que nous marchons. J'ai rêvé de me battre, j'ai rêvé de vengeances à n'en plus finir, j'ai souhaité plus que quiconque un déchaînement de violence lorsqu'il fut temps de quitter le pénitencier. Je vais frapper, je sais que je vais frapper, combien de fois ce chant m'a-t-il tenu éveillé, dans les moments où la liberté me manquait tel un homme en deuil qui pleure la disparition de sa femme. Pourtant, je n'ai rien fait. La révolte s'est déroulée sans moi, on a cueilli la liberté et on me l'a déposée dans les bras, c'est à peine si j'ai pris part à ce qui se déroulait sous mes yeux. Ma révolte, ce sont les mots que l'on pousse dans l'ombre. Ceux que l'on croise dans la rue et qui nous frappent comme un uppercut, quand l'auteur, lui, n'est déjà plus là. Je ne suis pas fait pour le corps-à-corps, c'est tout ce que je suis capable de me dire, en fixant mes pieds qui foulent le chemin de terre, il me faut le silence et la dissimulation pour laisser mes mots agir à ma place, avec bien plus d'efficacité. Je comprends, là, ma véritable nature. Je ne peux en retirer ni dépit ni fierté. Je suis un homme qui écrit. Cette bataille en vaut bien une autre.

Le souffle de plus en plus rauque de Titouan me sort de mes pensées.

– On peut s'arrêter quelques minutes, s'il te plaît ?

Titouan tremble et s'affale sur le sol, la main glissée dans sa veste. C'est là que je vois le sang qui coule le long de son poignet et goutte sur le sol. Sa veste est trempée et je ne l'avais pas remarqué, perdu dans mes pensées. J'ai peur du masque sur son visage. Un masque blanc. J'ai peur de ce qui va logiquement se passer, comme le Destin se moque des hommes, comme il pisse sur nos illusions de bonheur alors que nous sommes là, sur les chemins, à l'abri du pénitencier. Qu'est-ce que c'est que ce destin qui se permet de faire mourir nos amis les plus chers, alors que la vie est là, à quelques tout petits kilomètres, alors que, déjà, nous percevons les sons de la ville. N'y a-t-il pas une loi, quelque part dans l'Univers, pour interdire ces trahisons dans nos destinées, quand on s'est battu comme des chiens pour notre misérable liberté, l'arrachant lambeau par lambeau, pour crever là, quand on la touche du bout du doigt. Marco, ce n'est pas suffisant, il lui faut plus, à cette mort qui estime que la liberté a un prix, qu'on lui doit un quota d'âmes pour avoir le droit de franchir le passage. Pourquoi pas moi, qui ne me suis même pas battu. Qui peut donc vivre ou mourir, en fonction de ces putain de cartes qu'on nous jette à la face comme les miettes de pain aux pigeons maigres des villes.

Je soulève son t-shirt et je vois le trou, infime, minuscule, au-dessous de ses côtes, du côté droit. Titouan a reçu une balle dans le poumon.

– J'ai du mal à respirer.

– Pourquoi tu ne me l'as pas dit plus tôt ?

– Je voulais qu'on sorte du pénitencier. Je voulais y croire.

– Et on fait quoi, maintenant ?

Je ne comprends pas.

D'où vient cette saloperie de balle.

Je fouille dans ma mémoire, certain que je n'aurais pas raté le moment où Titouan aurait été heurté par une balle. Ça ne s'oublie pas comme ça, un corps qui tremble sous l'effet des rafales. D'où vient cette balle, est-ce qu'elle m'était destinée. Je me souviens tout à coup de la sensation d'avoir été frôlé par une balle de fusil, quand Titouan me prenait par le bras pour m'emmener comme le lui demandait Marco. Oui, elle m'a frôlé, elle m'a soigneusement évité pour venir se glisser dans le corps de mon ami, elle l'a choisi, lui, alors que sa volonté de vivre était farouche. C'est là, dans cette seconde où ce petit quelque chose a légèrement soufflé contre mon corps, que Titouan a su qu'il était condamné. Mais je ne l'ai pas entendu pousser le moindre cri, ni même se cambrer pour échapper à sa douleur. Non, il a marché rapidement en direction de la sortie, ma main dans la sienne. Il a parfaitement joué le jeu, pour me donner la possibilité de survivre.

– Il doit y avoir une ferme, à l'extrémité du champ. Il faut que tu marches.

Je commence déjà à armer mon épaule pour le soulever lorsqu'il me repousse violemment.

– Qu'est-ce que tu crois ? Que je vais arriver dans cette ferme et que ce sera suffisant pour vivre ?

– Quitte à y passer, autant que ce soit avec un toit sur la tête.

– Je ne suis pas comme toi, me répond Titouan. Je ne suis pas un idéaliste. Je suis terre à terre. Une fois que je suis mort, je suis mort, qu'est-ce que ça peut faire.

Après une courte pause, il ajoute, en scrutant l'horizon derrière nous :

– Les gardiens ne feront rien de plus avec mon corps, s'ils rappliquent. Mais s'ils te trouvent, toi, ils auront de quoi s'amuser.

Il me glisse dans la main le calibre qu'il avait réussi à voler quelques minutes avant la fuite. Je conserve l'arme, mais je reste assis près de lui, déterminé à attendre. Il ne pourra pas m'éjecter, il ne pourra pas me convaincre de le laisser là, à attendre que la mort se fixe. Si l'homme n'est pas toujours le plus fort au cœur de la bataille, il peut au moins conserver ce qu'il y a de plus beau dans son humanité : tenir la main d'un ami quand celui-ci doit mourir. Qu'ils viennent, les gardiens, je me battrai, ou si peu, je mourrai comme un homme qui a tenu la main d'un ami. Qu'ils viennent, je les attendrai sereinement, de toute façon la mort a décidé de venir se poser quelques minutes par ici. Pour une ou deux âmes, qu'est-ce que cela change au destin d'un peuple.

Il doit être à peine deux heures de l'après-midi. Le soleil est à son zénith, réchauffant autant qu'il le peut ce corps qui se vide de son sang. Titouan grelotte, ébloui par le soleil. Seule la mort souffle son haleine froide, même en plein juillet.

– J'ai soif.

Je fouille dans le sac que Marco nous avait préparé, fasciné par cette bouteille d'eau dont j'avais presque oublié la forme. Elle est encore fraîche dans la paume de ma main, j'avais oublié cette sensation de froid légèrement humide qui se répand dans ton avant-bras. J'ignore totalement sa provenance, depuis que la Citerne a explosé. Je suis plus ébloui encore par le fait de pouvoir exaucer aussi facilement le souhait de Titouan. Rien n'est plus simple que d'apaiser sa soif, maintenant, au bord d'un chemin de poussière et de cailloux, rien n'est plus simple que de lui répondre OK, bois, après de longs mois constitués d'une moitié de verre d'eau, trois fois par jour. Il avale toute la bouteille quasiment d'un trait, ce n'est pas grave, nul besoin d'économiser pour le lointain voyage qu'il s'apprête à faire.

– Marco n'était pas si lâche que ça, hein ?

Je ferme un instant les yeux, happé par la dernière image d'un homme serein, sur le point de se faire tuer.

– Il faudra que j'y pense longtemps pour faire le tour de ce qu'il était.

– Il a bien assuré.

– Oui, il a tout prouvé.

Titouan a fermé les yeux, probablement est-il en train de puiser les dernières forces qu'il lui reste pour parler encore un peu, la mort est moins pénible quand on ne la sent pas arriver. Il déglutit, mais je sais qu'il ne me demandera plus d'eau. À quoi cela sert-il d'épuiser les réserves d'eau d'un vivant quand on va passer l'arme à gauche. À sa manière de rouler sa langue, je sais qu'il a soif et qu'il n'y prend pas garde, comme un vieil habitué.

– Il a donné sa vie pour toi, un mec comme ça, on lui pardonne tout, hein ?

– Il m'a aussi donné des craies.

Titouan sourit mais ne répond rien.

Le silence.

Je le laisse lentement s'installer, bercé par le petit vent tiède qui soulève la poussière tout autour de nous. Il part, alors je ne le dérange pas. J'écoute le souffle du vent, par intermittence. Je suis juste là, près de lui, et je sais que même si l'on voudrait vivre encore un peu, tous autant que nous sommes, mourir caressé par cette légère brise est un cadeau qui ne se refuse pas.

J'ai recouvert son corps avec des feuillages et fabriqué une croix avec deux branches épaisses et sèches qui débordaient du champ. Je me dis que Marco est avec lui, quelque part, avec son père, tous les pères et toutes les mères de ces deux dernières décennies, tous ceux et celles que la salle rouge a emportés, en laissant les alliances dans les fossés, en laissant l'autre assis tout seul dans la cuisine, à prier, les murs qui pleurent parce qu'ils sont de plus en plus rares, les gens qui écrivent dessus.

J'ai posé ma croix sur le corps de Titouan et j'ai écrit son nom à la craie, sur la poussière à même le sol, que le vent emportera. Qu'importe, le vent souffle son prénom, comme les murs chantent celui de Marco. Partout je laisserai leur trace, partout les mots seront une poésie de prénoms, ceux des prisonniers et celui d'un borgne qui a su choisir au bon moment, finalement plus fort que sa peur omniprésente.

Quelle vie m'attend, là-bas, à quelques tout petits kilomètres que je parcours lentement. Il en aura fallu du sang, pour qu'on comprenne que l'eau, ça se partage.

Un ange se penche pour boire

Le vieil homme avance péniblement jusqu'à la plaque commémorative que les ouvriers ont dressée devant la Citerne en reconstruction. Il a attendu que la fête se termine, que la foule en liesse se retire, pour venir jusqu'à ce lieu qu'il n'avait pas revu depuis des années. Il marche avec une canne, son appartement est sa seule richesse, la rue, son air, ses boutiques et ses trottoirs sales ne lui appartiennent plus depuis longtemps, mais il voulait voir l'hommage aux morts et à ceux qui ont résisté. Il ne s'est pas déplacé lorsque Ragazzini a été arrêté, il n'a pas eu la force d'applaudir lorsque les journaux ont rapporté qu'il s'était pendu dans sa cellule. Il a suivi de loin le procès de ceux qui avaient cru en lui, des ministres aux gardiens du pénitencier. Il a peut-être écouté avec plus d'attention le borgne qui a évoqué son fils et ses compagnons. Des héros, voilà le mot qu'il avait utilisé, des héros. Lui ne sait pas bien ce que ce mot signifie, il sait juste que la vie a continué sans lui, le fils unique, qu'il a souffert du manque d'eau, comme tout le monde, mais son silence obstiné rendait sa soif moins tangible. Il a réagi lorsque les nez-verts sont revenus du pénitencier, avec l'espoir, tout petit, ridicule, de revoir Thorvald. Mais il savait bien au fond de lui que Thorvald n'avait jamais été prisonnier. Il les a regardés chanter et danser la mort d'un tyran qui ne voulait pas partager son eau. Tout cela assis devant sa télé, la liesse collective ne l'intéresse plus, depuis que Pia est partie. Il contemple le bonheur des gens par écran interposé, il contemple la vie qui reprend un bout de chemin, là où elle l'avait laissé, avant l'explosion de la Grande Citerne.

Il était là, lui, il se souvient.

Le bruit de l'explosion, le regard de Pia, qui aurait reconnu le bruit de la Citerne entre mille bruits, leur empressement à sortir avant que la maison ne s'écroule sous la force des secousses qui ouvraient de grandes fissures dans les murs, Thiego encore en pyjama, parce que nous étions en été et qu'il avait dormi jusqu'à onze heures, à peine éveillé quand les gens avaient compris qu'un tsunami était en train de s'abattre sur eux, ses pieds nus dans l'eau quand il fallait marcher sur des morceaux de ferraille. Il se souvient comme si c'était hier des gens qui hurlent en tordant le poignet de leurs gosses, des voitures qui tourbillonnent dans les airs, des visages qui paraissent et disparaissent à mesure que les vagues affluent. Un homme a hurlé, devant l'une des maisons voisines, « Quelqu'un a fait péter la Citerne », puis il a disparu, par la magie des souffles de l'eau. Il se souvient de la boue qui colle aux pieds nus des lève-tard, les mères de famille qui hurlent le prénom de leurs adolescents disparus, le visage consterné de Pia quand elle aperçoit la femme sur le trottoir, une mère qui tend les bras pour que Jagu lui rende le corps de sa petite fille. Quelque chose s'est écroulé, là, quand la petite fille est passée de bras en bras, les genoux et les coudes retournés comme une poupée disloquée. Quelque chose a déraillé, s'est morcelé et n'a plus jamais fonctionné. Le disque s'est rayé sur les bras tendus de la jeune maman.

Il aura fallu attendre les commémorations pour que son prénom soit à nouveau prononcé. Le prénom de la petite fille qui aimait trop la Grande Citerne.

La petite fille dont on dit qu'elle avait avalé d'un trait la bouteille d'eau qu'on lui avait tendue à son arrivée, sans ciller, et qu'elle s'était essuyé les lèvres comme une femme le ferait après le premier baiser tant désiré. Ragazzini l'avait passé sous silence, ce prénom de petite fille, parce que la mort d'une nez-vert, une enfant de surcroît, précisément quand on veut les expulser, ça n'était pas utile en termes de communication.

Du bout du doigt, le vieil homme caresse les noms gravés sur la plaque commémorative. Des colonnes se succèdent, par ordre alphabétique, les nez-verts y côtoient leurs anciens amis de Cartimandua. Il y reconnaît certains prénoms qui lui sont plus chers que d'autres.

Jagu.

Tristan.

Marco.

Titouan.

Achille, qui en vérité s'appelait Aaron.

Thiego, lui, est le héros que l'on cite parmi les vivants. C'est là son seul bonheur, savouré en silence quand la foule est partie, les cotillons sur le sol et les sacs plastique à côté des poubelles. Le fils vivant qui écrit partout, tout le temps, sous les rayons du soleil, devant une foule en liesse. Les mots n'ont plus besoin de se dissimuler. Le vieil homme ne connaît pas grand-chose aux mots, c'était Pia qui les aimait, d'un amour passionné de femme qui ne plaisante pas avec les figures de style. Mais il sait que son fils est aimé pour ça : les mots.

Au-dessous de la liste des noms, quelqu'un a ajouté à la craie, comme un fantôme oublié à qui l'on offre un peu de lumière, MATHÉO. La craie, c'est la marque de son fils et il le sait. Il n'ignore pas que ce nom sera lavé dès demain, mais il reviendra, la nuit s'il le faut, lancinant, obsédant, jusqu'à ce qu'on craque et qu'on le grave en dessous de celui des autres, ne serait-ce que pour ne plus voir cette salissure blanche sur cette si belle plaque.

Le vieil homme se déplace de quelques centimètres et observe le bas-relief qui a été ajouté. Un ange se penche pour plonger ses mains dans l'eau et boire. Simplement boire. En dessous de l'ange, le vieil homme lit, et c'est comme un petit coup sur son cœur sur le point de flancher : KAROLE.

La Citerne en reconstruction est juste derrière, de plus en plus grande, de plus en plus blanche. Il la reconnaît comme une vieille amie sur le point de ressusciter, immense, encombrée par les échafaudages mais quasiment prête à l'emploi. Les gens l'aiment, leur Citerne, pas autant que Karole, personne ne l'aura érigée au rang de déesse, comme elle aura su le faire avec ses mots d'enfant. Mais un petit détail fait tilt dans sa conscience de vieillard, un petit détail tout bête que tout le monde étouffe, parce que c'est bon, la paix retrouvée. On laisse de côté les détails gênants quand on savoure un quotidien sans encombre qu'on attendait depuis si longtemps. Inscrit en lettres dorées sur toute l'étendue de la façade, le vieil homme lit, comme autrefois, *Citerne Aquaneró*. Et ça le chiffonne, ce nom qu'il a déjà vu ailleurs. Il se souvient que la famille Aquaneró avait engagé le père de Pia pour construire la première Citerne. La Liberté, la bienveillance, l'amour de son peuple, c'était cela aussi qui construisait la fortune de cette famille. Alors pourquoi, l'unique fois où son fils l'avait emmené en voiture visiter le pénitencier, avait-il lu sur la façade ce même nom. Et, comme les autres, le vieil homme s'efforce de fermer les yeux sur ces évidences qui fâchent tout le monde, lorsque les mêmes construisent les citernes et les pénitenciers, lorsque les mêmes inaugurent un monument commémoratif au nom des victimes après avoir inauguré une prison. Il ne faut pas y penser, il faut vivre et boire l'eau, bientôt totalement retrouvée. Les rumeurs circuleront dans la bouche de quelques indignés qui ne referont pas l'Histoire, parce qu'elle avance en tapant des pieds, qu'importe ce que nous pensons d'elle. Il n'y a aura personne pour dire ouvertement, devant la plaque commémorative, Tout de même, ces Aquaneró, comme ils ont bien su mener leur petit bateau.

Alors le vieil homme hausse les épaules et s'installe à la terrasse du café juste en face. Il n'a plus rien à prouver, lui, de toute façon, sa vie s'achèvera bientôt, après avoir tant vécu depuis la mort de Pia. Il va se poser là et attendre que son fils vienne le chercher, comme il le lui a promis. Le reste, dans le fond, n'a plus la moindre importance. Ragazzini est mort, s'il faut serrer la main à quelques-uns qui garderont leurs secrets dans l'ombre, ça ne nous tuera pas plus que le reste.

À quelques kilomètres de là, un homme a garé sa voiture sur le parking qui jouxte l'ancien pénitencier, transformé en musée depuis la chute de Ragazzini. Dans sa main est glissée celle d'une femme, sa femme. Celle qui a reconnu le groupe d'hommes qui avançait vers sa maison, quelques jours après l'évacuation du pénitencier. Celle qui attendait sur le seuil de sa porte que son homme revienne. Veux-tu un avenir, oui ou non. Alors, trouve quelqu'un d'autre, il ne reviendra pas, ton Thiego. Combien de fois a-t-elle entendu cette litanie, quand on lui rapportait les tortures de la salle rouge, les conditions de détention au pénitencier. Combien de fois a-t-elle fait semblant d'ignorer Marco qui la contemplait, pétrifié. Une Tina digne de ce nom, ça ne capitule pas comme ça. Alors, quand Thiego est apparu en face de la maison, soutenu à bout de bras par Tristan et un autre dont elle avait entendu parler sans jamais le voir jusqu'à présent, et dont plus tard elle connaîtrait le pseudo – Achille –, quand elle a compris qu'ils étaient allés jusqu'au pénitencier pour le chercher, et qu'ils l'avaient trouvé au bord du chemin vacillant et serrant dans sa main une bouteille vide, elle s'est tenue bien droite contre la porte, pour lui montrer comme elle était digne. Elle savait que le simple fait de la voir droite le pousserait à se relever, même ivre de soif. Le reste n'a plus la moindre importance, là, devant le pénitencier dont on a conservé une partie de la façade noircie, pour rappeler les traces de l'incendie.

Main dans la main, ils parcourent l'ensemble des bâtiments, et dans le ventre de l'homme renaissent la faim, la soif, les comptages des briques dans les cellules plongées dans l'obscurité. Mais c'est comme un poids qui ne pèse rien, les sensations d'une petite enfance qui reviennent par flou et intermittence. Une niche obscure de la mémoire qui s'allume et qui fait mal quand il fait noir, quand on boit un verre d'eau aussi facilement que l'on se dit J'ai soif, quand on pense à Marco et Titouan et qu'on dit à la femme aimée ; Tu vois, Titouan dormait là, Marco m'a donné les craies ici même, dans cette infirmerie ridicule. C'est un homme qui avance en laissant couler ses larmes, se souvenant tout à coup comme Titouan retenait les siennes, là, dans cette cour qu'il a arpentée des centaines de fois, comme un poisson dans son bocal.

À quelques mètres d'eux, un homme, un peu moins jeune à présent, les attend accoudé à l'une des balustrades, un sourire triste mais lumineux sur les lèvres. On oublie les touristes et leur dépliant à la main, on oublie que les lieux de souffrance se visitent, un appareil photo attaché autour du cou. Il sait que, partout dans le monde, des sites historiques qui ont connu la mort de milliers d'hommes sont piétinés chaque jour par des visiteurs venus souffrir par procuration, en souillant leurs yeux des images les plus infectes pour pouvoir dire, Voilà, je l'ai vu de mes propres yeux, j'y suis allé une fois, et je peux témoigner que le silence est horrible, quand il n'y a quasiment plus rien à voir. L'ami est là, le seul qui reste quand on a perdu Marco et Titouan. Le jeune ami qui n'attendait que la chute du tyran pour voler jusqu'au pénitencier. Il a eu la chance de ne pas se faire attraper, ça tient sans doute du miracle.

On finit par quitter ce lieu qui désormais appartient à l'Histoire, les hommes, eux, avancent, et relèguent ces briques dans le passé de leur mémoire, parce qu'il faut bien anticiper le destin, mettre un pied devant l'autre et se dire, l'avenir est là, juste à portée de main, l'avenir est dans le ventre de cette femme que j'aime, je ne compterai plus jamais les briques, à présent. La voiture démarre pour filer vers le centre-ville, là où un vieux père attend de vivre ses derniers instants avec son fils avant de s'en aller rejoindre Pia, pour lui dire qu'elle ne sera plus jamais seule, maintenant.

De l'autre côté du monde, là où la terre est sèche, ocre, belle à faire pleurer les gens qui ont tout mais pas l'essentiel, un couple est assis et contemple des ouvriers en train de s'affairer. La femme a vieilli, ses cheveux ont blanchi et ses hanches se sont élargies, elle a eu le temps de faire deux autres enfants. Tout le monde est assis et contemple ce spectacle, ce fruit de longues heures de travail et de tractations, mais la femme, elle, creuse un tout petit vide dans son bonheur. Karole n'est pas là. Karole ne voit pas ce qu'on est en train de construire au milieu du village, ce qu'on construit un peu partout sur le territoire, parce que des hommes de bonne volonté ont compris que les larmes n'hydratent pas. Karole pourrait être une femme qui savoure, elle aussi, mais elle sera pour toujours l'enfant qui a enlacé la Citerne, personne ne saura jamais les traits qui auraient pu dessiner son visage. Elle aurait sans doute convoqué ses anciennes sorcières, celles qui la fascinaient quand ils avaient décidé de partir pour un monde plein d'eau.

De l'autre côté de Cartimandua, de l'autre côté de ce monde-là, la femme tape dans ses mains, comme tous les habitants du village, et elle chante.

Gloire aux ouvriers.
Gloire aux bienfaiteurs.
Gloire aux enfants perdus.
Gloire à ce jour nouveau.

Les ouvriers s'éloignent pour se reposer un peu et alors, elle a tout le temps d'observer ce qui manquait jadis et qui l'avait poussée à partir. Elle se lève et se penche un peu, pour contempler cette masse ronde qui sort de terre, ce petit bâtiment qui fait pâle figure, à côté de la Citerne, mais au moins, il est à eux. Rien qu'à eux.

Elle se dit, Voilà, ma Karole, ma toute petite fille, j'espère que de là où tu es tu le vois, notre puits.

La littérature française
aux Éditions Viviane Hamy (suite)

Alexis Ragougneau
La Madone de Notre-Dame
Évangile pour un gueux
Niels

Cécile Coulon
Méfiez-vous des enfants sages
Le Roi n'a pas sommeil
Le Rire du grand blessé
Le Cœur du pélican
Trois saisons d'orage
Manifeste des enfants sauvages (H.C.)

Hoai Huong Nguyen
L'Ombre douce
Sous le ciel qui brûle

François Vallejo
Vacarme dans la salle de bal
Pirouettes dans les ténèbres
Madame Angeloso
Groom
Le Voyage des grands hommes
Ouest
Dérive
L'Incendie du Chiado
Les Sœurs Brelan
Métamorphoses
Fleur et sang
Un dangereux plaisir
La Ligne Vallejo/Kostolányi (H. C.)

Dominique Sylvain

Baka !

Sœurs de sang

Techno bobo Travestis

Le Roi lézard Strad

La Nuit de Geronimo

Vox

Cobra

Passage du Désir

La Fille du samouraï

Manta Corridor

L'Absence de l'ogre

Guerre sale

Ombres et soleil

L'Archange du chaos

Kabukicho

Guillaume Staelens

Itinéraire d'un poète apache

Karim Miské

Arab Jazz

N'appartenir/S'appartenir

Antonin Varenne

Fakirs

Le Mur, le Kabyle et le marin

Estelle Monbrun

Meurtre chez Tante Léonie

Meurtre à Petite-Plaisance

Meurtre chez Colette (avec Anaïs Coste)

Meurtre à Isla Negra

Le Fantôme du petit Marcel (avec Stéphane Heuet)

Fred Vargas

Ceux qui vont mourir te saluent

Debout les morts

L'Homme aux cercles bleus

Un peu plus loin sur la droite

Sans feu ni lieu

L'Homme à l'envers

Pars vite et reviens tard

Sous les vents de Neptune

Dans les bois éternels

L'Armée furieuse

Petit Traité de Toute Vérité sur l'Existence

Critique de l'anxiété pure

Fred Vargas/Baudoin

Les Quatre Fleuves

Coule la Seine

Jean-Paul Auffray

Icare trahi

Claire Wolniewicz

Ubiquité

Le Temps d'une chute

Terre légère

La Dame à la larme

Maud Tabachnik

Un été pourri

La Mort quelque part

Le Festin de l'araignée

Gémeaux

L'Étoile du Temple

Jean-Pierre Maurel

Malaver s'en mêle

Malaver à l'hôtel

Sandrine Cabut/Paul Loubière

Contre-Addiction

Contre-Attac

Laurence Démonio

Une sorte d'ange

Colette Lovinger-Richard

37e Parallèle

Crimes et faux-semblants

Crimes de sang à Marat-sur-Oise

Crimes dans la cité impériale

Crimes en Karesme

Crimes et trahisons

Crimes en Séries

Philippe Bouin

Les Croix de paille

La Peste blonde

Implacables Vendanges

Les Sorciers de la Dombes

Puisque la lecture d'un grand livre est un dialogue
– comme l'a si bien dit Léon Werth –,
nous vous invitons à le poursuivre
avec un autre titre de notre catalogue :

COMPOSITION TYPOGRAPHIQUE
PAR DESK (www.desk53.com.fr)

CET OUVRAGE
A ÉTÉ ACHEVÉ D'IMPRIMER
PAR L'IMPRIMERIE FLOCH
À MAYENNE EN NOVEMBRE 2017

N° d'éd. 301. N° d'impr. 91861
D.L. janvier 2018
(Imprimé en France)